U0775494

小红马

〔美〕约翰·斯坦贝克/著
王晓敏/编译

海豚出版社
DOLPHIN BOOKS
中国国际传播集团

图书在版编目（CIP）数据

小红马 /（美）约翰·斯坦贝克著；王晓敏编译. -- 北京：海豚出版社，2025.6. --（诺贝尔文学奖作品精选）. -- ISBN 978-7-5110-7334-1

Ⅰ . I712.84

中国国家版本馆 CIP 数据核字第 2025XR4763 号

小红马

（美）约翰·斯坦贝克　著　　王晓敏　编译

出 版 人	王　磊
责任编辑	刘　璇
文字编辑	台文娟
特约编辑	文　萍
封面设计	宋双成　蒋　飞
责任印制	蔡　丽
法律顾问	北京市君泽君律师事务所　马慧娟　刘爱珍
出　　版	海豚出版社
地　　址	北京市西城区百万庄大街24号
邮　　编	100037
电　　话	010-68325006（销售）　010-68996147（总编室）
印　　刷	天津泰宇印务有限公司
经　　销	全国新华书店及各大网络书店
开　　本	710 mm×1000 mm　1/16
印　　张	11
字　　数	125千
版　　次	2025年6月第1版　2025年6月第1次印刷
标准书号	ISBN 978-7-5110-7334-1
定　　价	39.80元

版权所有，侵权必究

如有缺页、倒页、脱页等印装质量问题，请拨打服务热线：0874-3367718

开篇语

  经典的书籍是经得起推敲的,因为其中承载着深刻的人生智慧。每一次阅读,都是在和作者进行一场思想交流会,读者总能从中获得新的见解,感受到人类情感的共通性和文化思想的多样性。

  本书选取了诺贝尔文学奖获得者约翰·斯坦贝克的三篇知名小说《小红马》《人鼠之间》《珍珠》,每篇小说都通俗易懂,充满生活气息,且极具感染力。

  约翰·斯坦贝克是20世纪最具影响力的美国作家之一。他所写的小说虽然没有梦幻奇异的故事背景,没有刻意设置跌宕起伏的情节,更没有堆砌绚丽的辞藻,但每篇小说所要抒发的情感都很强烈。作者以现实主义为基础,用心地刻画每一个小人物,用口语化的方式叙述着每一个故事,人的命运、生离死别、贫穷与富有的尖锐矛盾都穿插在他的每一个故事中。

  《小红马》是约翰·斯坦贝克作品中极具代表性的儿童成长故事。故事围绕小男孩乔笛与他的马展开,以孩童的视角向读者讲述生老病死、是非得失以及责任担当。读者在感受孩童世界的纯粹时,也能品

尝到成长所带来的酸甜苦辣。

为了让读者清晰地了解乔笛的成长线，作者将乔笛的成长经历分为了四个小故事。在"礼物"这一篇章中，乔笛拥有了一匹属于自己的小红马，虽然他精心照顾小马，但小马却因为生病永远地离开了他。乔笛潜藏的期待落空，付出的爱意也没有得到好的结果。在"大山"这一篇章中，乔笛本想通过与返乡老人沟通揭开大山另一边的秘密，但最后他也没有得到问题的答案。因为那个老人带着秘密、牵着老马一起走进了大山，等待死亡。在"承诺"这一篇章中，牧场的母马怀孕了，乔笛将重新拥有一匹小马，他亲眼看见了小马驹的出生，也亲眼看见了母马的死去，比利的承诺与母马的死亡引发了乔笛对生命与责任的思考。在"首领"这一篇章中，乔笛的外公到访，多年来他一直在讲述自己身为首领带领人们徒步西进的陈年旧事，其目的是在呼唤人们已经丢失的西进精神，而老人的呼唤最终只有乔笛听到了。

《人鼠之间》讲述了流浪工人乔治和莱尼梦想破灭的故事。故事发生在20世纪美国经济大萧条时期，那个时候美国的失业率很高，工人的工资很低，甚至有很多人吃不饱饭。这段历史所制造的焦虑以及恐慌也体现在了《人鼠之间》中。乔治和莱尼靠苦力挣钱，乔治身材矮小却聪明，莱尼身材魁梧却愚钝，两个人是相依为命的好兄弟，他们总梦想着有一天能够过上富足的生活，有地有房，能养猪、养兔子。当他们找到农场安顿下来后，莱尼却再一次因为心智不足以及惊人的力气惹出了事端，最终乔治不得不开枪杀了莱尼。

《珍珠》讲述了一对贫穷的印第安人夫妇为了筹钱给孩子治伤，去海中采珠时意外获得一颗稀有大珍珠的故事。这是一个由珍珠引发的悲剧。稀有珍珠的出现，引起了很多人的关注，这对夫妇的平静生活也从此被打乱。尽管他们的孩子治愈了蝎子造成的毒伤，却没有躲过贪心人的算计。后来，孩子的死亡给这对夫妇带来了巨大的冲击，最终他们将那颗珍珠丢回了茫茫大海。

在呈现《人鼠之间》和《珍珠》这两篇经典作品时，我们对原作进行了必要的删改，包括调整文字、简化句子，并去除了不适合青少年阅读的内容，确保故事适合年轻读者，同时保留了原作的核心主题与情感深度。

本书选择的这三篇小说或多或少都带有悲剧色彩，以悲剧的形式体现人物角色敢于与命运抗争的精神和品质，激发读者对于人物命运的理解和同情，这正是约翰·斯坦贝克作品的魅力所在。

美国作家戈尔·维达尔曾这样评价他："斯坦贝克只从日常生活琐事和当下局势中获得灵感，他从不'虚构'故事，只'发现'故事。"约翰·斯坦贝克的作品不仅聚焦小人物的命运轨迹，还关注物质条件匮乏对人们精神的影响。在他笔下的每一个故事中，你都能清晰地感受到那些"人"曾经活着或者正在活着。他不仅在用文字写故事，也在用文字写下对社会的质问、对爱的理解、对生命的敬畏。

人们鲜少对责任、生命、人性与是非界限进行深度思考，而看完这本书后，每个人都能真切地感受到责任的重大、生命的可贵、人性的复杂以及是非界限的模糊。愿你能在这趟"文字旅行"中收获属于自己的感悟。

目录 Contents

| 小红马 / 001

　第一章　礼物 / 001

　第二章　大山 / 037

　第三章　承诺 / 055

　第四章　首领 / 078

| 人鼠之间 / 098

　第一章 / 098

　第二章 / 105

　第三章 / 114

　第四章 / 124

　第五章 / 129

　第六章 / 136

| 珍　珠 / 139

小红马

第一章 礼物

天边才刚刚泛起一抹鱼肚白，比利·巴克就从棚舍中走了出来。他在门廊前停下脚步，抬头望向了天空。比利并不是一个高大的人，但是体格却极为健壮，他的双手结实宽厚，长着两条弓形腿。他头上戴着牛仔帽，一头粗短的黑发从牛仔帽下露出，脸庞被浓密的胡须包围，灰色的眼眸迷离深邃，似乎总在沉思着什么，整个人看起来一副饱经风霜的样子。他正忙着将衬衫塞进深蓝色的牛仔裤中，塞好后，再将松开的皮带勒紧。由于他的肚子日渐圆润，因此皮带上的每个孔都被磨出了亮光。看过天色之后，他用食指轮流堵住两个鼻孔，用力地把鼻涕擤干净；接着，比利搓搓手，走向牲口棚，给关在里头的两匹马轮流梳理鬃毛、擦洗身体。在梳洗过程中，他还会时不时地柔声跟马儿说上几句话。

主屋传来了三角铁清脆的敲击声。比利将刷子和马梳一并放在栏杆旁，然后朝主屋走去，准备用餐。他的步伐从容不迫，却又不带一丝拖沓。当比利走到主屋门前时，提弗林太太仍在敲着三角铁。

提弗林太太是一位上了年纪的妇人，鬓角已经有些许斑白。她朝比利点头示意后便回到厨房。于是，比利在主屋前的台阶上坐了下来。他是负责管理牲畜的雇工，不能比主人先进餐厅，这是规矩。此时，卡尔·提弗林先生穿着靴子的脚步声从屋内传来。

三角铁的声音将小男孩乔笛吵醒了。他今年十岁，长着一头稻草般枯黄的头发和一双腼腆温柔的灰眼睛，还有一张无所不谈的小嘴巴。他从未想过可以忽视那响亮刺耳的声音继续酣睡——他周围的人也同样如此。他撩起遮住眼睛的头发，脱下睡衣，迅速换上了工装裤和蓝色格子衬衫。已经快要入秋了，自然不用考虑穿什么鞋子的问题。他站在厨房的水槽旁，匆匆洗了洗脸，随后将湿漉漉的头发往后一撩，用力梳了梳。这时，他的母亲提弗林太太忽然转过身来看着他，吓得他急忙看向别处。

"我得赶紧剪掉你那头乱糟糟的头发。"提弗林太太说，"饭菜都放在桌上了，快去吃早餐吧，不然比利都不好意思进屋了。"

乔笛听话地跑到长餐桌旁坐下。桌子上铺着洁白的桌布，大盘子里盛着满是油脂的煎蛋。乔笛将三个煎蛋和三片厚厚的培根放进自己的餐盘里，仔细地刮掉了其中一个煎蛋上沾着的血丝。

"你把它吃了也没事儿。"比利踢踢踏踏地走了进来，"那只不过是公鸡留下的一点儿痕迹。"

乔笛的父亲卡尔也走了进来，他是一个高大严肃的男人。乔笛根据父亲的脚步声判断，他今天穿了一双皮靴。为了确认，乔笛还是往

桌子底下偷偷瞄了一眼。此时，窗外已经完全亮起来了，只见父亲顺手熄灭了桌上的油灯，随后他走到餐桌旁坐了下来，拿起叉子从大盘子里叉了一个煎蛋放到自己的餐盘中。

今天，父亲要和比利骑马出行，尽管乔笛很想和他们一起出去，但他并没有问他们打算去哪儿。父亲是个循规蹈矩的人，乔笛必须遵守他的规矩，不能随意提出疑问。

"比利，牛都准备好了吗？"卡尔问。

"都圈在围栏里了，"比利说，"我一个人去也没什么问题。"

"虽然你一个人去肯定没问题，"卡尔说，"但是路上能有个伴儿总是好的，再说了，你的声音听起来有些嘶哑。"

乔笛听得出来，父亲今天的心情很不错。

"你们大概什么时候回来呢，卡尔？"提弗林太太从门口探头进来询问道。

"这可说不准，可能要到天黑的时候，我在萨利纳斯有几个人要见。"

乔笛看着父亲和比利大快朵颐，将煎蛋、咖啡和煎饼消灭殆尽。随后，他目送着他们出了门，看着他们将六头年迈的奶牛赶出了围栏，然后骑上马，朝着萨利纳斯牲口交易市场的方向走去，待他们翻过山脊，身影便消失在了乔笛的视野里。

乔笛走向屋后的小土坡，家里的两条狗——"双树"和"靓仔"欢快地摇着尾巴，伸着舌头，绕过屋角，朝乔笛跑过来。乔笛愉快地拍了拍它们的头。"双树"是一只杂种狗，有着粗而大的尾巴和一双琥珀色的眼睛；"靓仔"则是一只牧羊犬，它曾经咬死过一只土狼，但也因此失去了一只耳朵。"靓仔"那只好耳朵总是竖得高高的，比寻常的牧羊犬都要高，比利说这是独耳狗的共同特征。

两只狗和乔笛热情地打过招呼之后，便低头嗅着地面往前跑去，它们时不时抬头看看乔笛有没有跟上。途中，"靓仔"发现鸡舍中的鹌鹑混在小鸡群里吃鸡食，便跑进鸡舍中，将小鸡赶到了一起，仿佛在预演将来牧羊的场景。乔笛则头也不回地继续前行，菜田中翠绿色的玉米秆已经长得比他还要高，嫩绿色的小南瓜横七竖八地躺在地里。穿过菜田是一片翠绿的山艾丛，山艾丛中间有一根长长的水管，山泉水从水管中流出来，汇聚到一个圆木桶里。乔笛弯下腰，用双手捧起木桶中的水，痛痛快快地喝了几口。水的味道甘甜可口，他甚至能尝出桶边青苔淡淡的草木味。

乔笛转过身，站在土坡上俯视着自家的牧场。红色的天竺葵环绕着白色的房屋，比利居住的长条形棚舍挨着墨绿色的柏树。从这个位置看，乔笛可以清晰地看到棚舍边上的柏树下放着一口用来烫猪毛的黑色大铁锅。这个时候，太阳正从山的那一边缓缓升起，灿烂而耀眼的金色光芒投射到了房屋和牲口棚的白色墙壁上，湿润的草地在阳光的照耀下闪烁着莹润的光泽。鸟雀们在山艾丛间蹦跳嬉闹，不断发出悦耳的鸣叫声，与一旁山岭上传来的松鼠叫声交织成一曲轻快美妙的乐章。

乔笛看遍牧场中的每一处建筑物后，他感受到空气中飘浮着一丝捉摸不定的气息，那是世间万物变化的信息，有什么事物将要逝去，有什么生灵将要出现。两只在山坡上滑翔的黑色秃鹫忽然向地面俯冲而来，它们的影子稳稳当当地从乔笛面前掠过。乔笛知道，一定是附近有什么死兽，可能是一只死兔子或者别的什么，因为秃鹫绝不会放过任何食物。乔笛讨厌秃鹫，它总会将动物的尸体吃得只剩下骨头，但他也清楚它们在清理腐尸方面的重要作用。

过了很长一段时间，乔笛才慢慢悠悠地下了山。两只狗早就撇下小主人，到树丛里撒欢儿去了。乔笛再次经过菜田的时候，用脚后跟踩裂了一个翠绿色的甜瓜，他没有露出笑容，因为他很清楚，自己干了坏事。于是，他踢了一些泥土，盖住了那个被踩裂的甜瓜。

乔笛回到屋子里，一眼便看见了母亲。母亲捧着乔笛粗糙而肮脏的小手——尤其是手指头和指甲缝儿细细打量了一番，叹了一口气。提弗林太太很清楚，就算她把孩子收拾得干干净净，他在上学路上还是会把自己弄得脏兮兮的。她忽略了乔笛手上的一道道黑色泥污，将课本和午饭递给他，吩咐他赶紧去上学。从家到学校大概要走一英里的路，而且母亲注意到，乔笛今天早上一直想找人说话。

于是，乔笛出发了。一路上，他不停地捡起路边的白色石子放进口袋，当遇到被太阳晒得昏昏沉沉的小鸟或野兔时，他就会掏出石子扔向它们。过了桥，走到十字路口，乔笛遇到了学校里的两个伙伴。随后三个孩子迈着俏皮的大步，往学校的方向走去，那副模样可真是淘气又有趣。开学才两个星期，孩子们调皮捣蛋的心仍在蠢蠢欲动。

当乔笛再次爬上小土坡，回望自家牧场时，已经是下午四点了。他想看看牲口棚的那两匹马在做什么，可是围栏里空无一物，这说明父亲和比利还没有回来。乔笛知道家里还有很多家务活儿等着他去做，于是他慢吞吞地回家去了。他走到家门口的时候，母亲正坐在门廊上缝补袜子。

"我在厨房里给你留了两个炸面包圈。"母亲说。

乔笛快步往厨房跑去，当他回来的时候，嘴里已经被面包圈塞得满满当当了。母亲本想考考乔笛的功课，问问他今天在学校里学了些什么，可是他的嘴里塞满了面包圈，无论说什么，听起来都含糊不清。于是，母亲只得放弃，叮嘱道："乔笛，今天你可要把柴火筐装满，昨天你把柴火横七竖八地乱堆一气，连半个筐子都没有装满。还有，有几只母鸡会把它们的蛋藏起来，你得到草丛里去找一找，看看能不能把它们的窝找出来，别让狗把蛋给吃了。"

乔笛嚼着面包圈，出去干活儿了。他先喂了鸡，马上就有鹌鹑飞到小鸡群里，跟着小鸡一起啄食谷粒。乔笛并没有驱赶那些争食吃的鹌鹑，因为父亲似乎很爱护它们，并且为牧场有鹌鹑光顾而感到自豪，他甚至不允许有人吓跑那些鹌鹑。

乔笛装满了柴火筐后，就带上他的步枪，到山艾丛那儿去了。他喝了好几口泉水后，用点22口径的步枪瞄准他能看到的一切东西——石头、飞鸟、柏树下的黑色大铁锅，但他并没有扣动扳机，因为枪里没有子弹。要等到十二岁，乔笛才有资格拿到子弹，如果被父亲发现他竟敢用枪朝家的方向瞄准，时间还得再延长一年。想到这里，乔笛没有继续瞄准山下——两年时间已经足够漫长。父亲给他的礼物几乎都有附加条件，这一招儿虽然能够把人管得服服帖帖，但收礼物的乐趣就大打折扣了。

父亲直到天黑才回到家。当他和比利一同走进家门的时候，乔笛闻到了一股白兰地的香味。这股酒气弥漫在他们两人的呼吸间，让乔笛感到一阵兴奋：父亲酒后会比平时健谈许多，有时甚至还会大谈特谈自己小时候干过的荒唐事。于是，在乔笛的期待中，他们一起吃了晚饭。饭后，乔笛坐在壁炉边，用那双温和的灰眼睛看着墙角，等待着父亲开口倒出一肚子的话。但现实让他失望了，父亲用手指严肃地指着他，说："乔笛，快睡觉去。明天早上我有事情吩咐你。"

这倒也不错，乔笛喜欢被父亲指派去干活儿，只要不是他平时天天都在做的家务活儿就行。他盯着地板琢磨着，嘴唇微动，轻声询问："明早您想让我做什么呢？帮忙杀猪吗？"

"这你不用操心，现在先去睡觉。"

乔笛关上卧室的房门时，听到外面传来父亲和比利的大笑声，大概是在说什么笑话吧。他躺在床上，竖起耳朵，试图听清厨房里传来的声响。隐约间，他听到父亲的声音在辩解着什么："可是，露丝，我很少为他花钱。"

果树的枝丫轻轻地敲打着屋檐，发出一阵有韵律的嗒嗒声；牲口棚传来一阵细微的动静，乔笛知道那是猫头鹰抓老鼠弄出来的声响；奶牛在牛棚里哞哞叫着。乔笛就在这一波接一波的声浪中睡着了。

第二天早上，三角铁敲响后，乔笛比往常更加利落地起床，迅速穿好了衣服。在他洗漱的时候，母亲没好气地对他说："你得好好吃完早餐再出门。"

乔笛听话地走进餐厅，拿起一块热乎乎的烤松饼，在上面铺了两个煎蛋，又用另一块松饼扣在上面。在他用叉子压牢松饼的时候，父亲和比利来了，从脚步声判断，今天他们都穿着普通的便鞋。以防判断出错，乔笛还是低头看了一眼桌底。父亲照旧板着脸熄灭了油灯。比利则故意避开乔笛带着胆怯和询问的眼神，将吐司泡进自己的咖啡杯里。

卡尔忽然以一种严肃的口吻对乔笛说："吃完了就跟我们走！"

乔笛感觉大事不妙，艰难地咽下了早餐。比利倾斜着茶托，将溢出来的咖啡一饮而尽，然后在牛仔裤上擦了擦满是油污的手。卡尔和比利站起来，朝洒满晨曦的室外走去，乔笛赶紧跟上。虽然他很想跑到他们前面去，但终究不敢这么做，只好努力克制住这个念头，老实而乖巧地紧跟在他们后面。

"卡尔！别耽误他去学校！"屋子里传来了提弗林太太的高声嘱咐。

棚屋边的柏树枝上挂着一根横木，那是宰猪时用来吊猪的。他们径直从旁边走了过去，所以今天并不是要杀猪。刺眼的阳光照在山岭上，在树木和建筑后面投下了一片长长的阴影。他们来到牲口棚前，父亲打开门，率先走了进去。

牲口棚里养着不少牲畜，还堆放着许多干草，里面热烘烘的，光线极为昏暗。父亲朝一处单独设立的栏舍走去，以命令的口吻呼唤乔笛过来。乔笛顺从地走近栏舍，渐渐看清里面关着的动物时，他慌乱得朝后退了一大步。

那是一匹红色的小马驹，它的耳朵紧张地耸立着，眼中闪烁着桀骜不驯的光芒，一身毛发油光水滑，乱蓬蓬的鬃毛浓密又好看。乔笛紧张得喉咙发干，差点儿喘不上气来。

"它需要好好梳理一番，再刷洗一下。"父亲说，"一旦我发现你没有好好喂养它，或者没有打扫干净它的栏舍，我就立刻把它卖掉，说到做到。"

乔笛不敢再看小红马的眼睛，他低下头，看着自己的手，怯生生地问："这匹马真的属于我吗？"没有人回答他的话。乔笛伸出小手去抚摸小红马，它将自己的灰鼻子凑上来，喷出一声响亮的鼻息后，嗅了嗅他的手，随后便用坚硬的大板牙咬了他一口。乔笛看了看自己有些青肿的手指头，骄傲地说："看来它的咬合没什么问题。"小红马摇头晃脑，一副自得其乐的模样。父亲和比利欣慰地笑了起来。

眼前的情景令卡尔感到一丝窘迫，于是离开牲口棚，独自往山坡的方向走去，但是比利还留在那里。比起父亲，跟比利说话就自在多了，于是乔笛再次问道："它真是属于我的？"

"当然！"比利用一种很内行的口气说，"你需要好好照顾它，日后我会教你如何训练它，现在它还只是小马驹呢，这段时间你还不能骑它。"

乔笛伸出那只青肿的手，试图再次抚摸小红马。这一次，小红马乖巧地让他摸了自己的鼻子。"我是不是该拿一根胡萝卜来喂它？"乔笛喃喃地问，"比利，它是从哪儿买来的？"

"从治安官主持的拍卖会上。"比利对他解释道，"一个萨利纳斯马戏团破产了，欠了不少债，拍卖了许多东西抵债。"

小红马甩了甩它额前的毛发，露出一双充满野性的眼睛。乔笛轻轻地碰了碰它的鼻子："它没有……马鞍吗？"

比利笑了起来："我差点儿忘了，跟我来吧。"他走进马具室，取下一副用摩洛哥山羊皮制成的小型红色马鞍，有些嫌弃地告诉乔笛，"这是他们用于演出的马鞍，不适合在森林里使用，好在价格很便宜。"

乔笛一句话也说不出来。眼前的红色马鞍，就和小红马一样美丽，一样令人难以置信。他用手指尖轻轻地抚摸着那块充满光泽的红色皮革，好一会儿才发出声音："如果小马还没有取名字，我想叫它加碧兰山。"

比利明白乔笛在想什么。"这名字有点儿长，不如就叫加碧兰，怎么样？在西班牙语里，这个词是'雄鹰'的意思，很适合它。"此时此刻，比利心情很好，"如果你能把小马尾巴上掉下来的毛收集起来交给我，我可以给你做一条驯马绳。"

乔笛想要回到栏舍去，再看一眼他的小红马。"你说，我能不能把它带到学校去——给我的同学们瞧瞧呢？"

比利摇摇头说道："它现在可戴不惯马笼头。我们仅仅是把它带回来就费了不少力气，差不多是硬拽回来的。上学时间到了，你还是快点儿去学校吧。"

"那我下午再带同学们来家里看它。"乔笛说。

那天下午，六个小男孩气喘吁吁地一路猛跑，用比往常更快的速度，提早半个小时翻过了小土坡。他们径直从房子边跑过，直奔牲口棚，来到小红马面前。孩子们忸忸怩怩地站在那里，看向乔笛的目光中多了几分羡慕和崇拜。乔笛总是穿着一件蓝衬衫和一条工装裤，平日里在同学们眼中只是一个安静且胆小的小男孩；但现在同学们都认为乔笛将来会是一位勇敢的骑士，由于千百年来人们对骑士的敬畏，孩子们本能地明白，能够骑在马上的人，从气势到力量都高人一等，乔笛的地位似乎奇迹般地提高了。加碧兰从栏舍里探出脑袋，嗅了嗅这几个孩子身上的气味。

"你为什么不骑它呀？"

"为什么不像马展上那样，把马尾巴编起来，用缎带装饰呢？"

"你打算什么时候骑它？"

几个孩子在牲口棚里叫嚷了起来，乔笛顿时体会到了骑士的优越感。"它还没有长大，要再过一段时间才能骑呢。我会用长长的缰绳训练它，比利会教我怎么做。"

"那我们可不可以牵着它到处转一转？"

"它还不习惯戴马笼头。"乔笛解释着，巧妙地掩盖了自己希望能独自牵加碧兰出去溜达的念头，"来看看马鞍吧。"

孩子们被红色马鞍震撼得一个字也说不出来了。"在树林子里，这样的马鞍不大实用。不过，安放在小红马身上会很漂亮。以后到树林里去的时候，或许我可以不用这个马鞍。"

"没有桩头，你怎么套牛呢[①]？"

"我爸爸可能会再给我配备一个日常使用的马鞍，让我帮他赶牲口

[①]桩头是固定在马鞍前的把手，是西部马鞍的标志性部件，也是西部牛仔用来套牛的配备。这句话的意思与"巧妇难为无米之炊"相似。

用。"乔笛让他的同学们轮流抚摸红色马鞍，仔细观察马笼头上的黄铜链条，以及额带和笼头接口处的大铜扣。这一整套装备着实令人赞叹。

又过了一会儿，孩子们不得不回家去了。他们个个都在盘算着，用自己收藏的宝贝来讨好乔笛，好让他允许自己骑一骑小红马。乔笛很高兴他们终于走了，他从墙上取下刷子和马梳，打开栏舍的挡板，小心翼翼地走了进去，打算给小红马梳洗一番。

小红马的眼神有些闪烁，侧身摆出一副要踢人的架势。于是，乔笛学着比利平时的样子，轻轻地抚摸小红马的肩背，揉揉它僵硬的脖颈，嘴里不断柔声地说着："不要紧张，小家伙，不要紧张。"渐渐地，小红马放松下来。乔笛给它洗刷了一遍又一遍，每一遍洗刷结束，他都觉得还可以把它再洗干净些。不一会儿，栏舍的地面上就散落了许多打结的毛发，小红马的皮毛也泛起了棕红色的光泽。乔笛用马鬃编了十几条小辫子，随后又解开，重新将它的毛发梳得笔直柔顺。

乔笛没有听见母亲走进牲口棚的声音。本来，提弗林太太憋着一肚子气，但是当她走进牲口棚，看见乔笛绕着小红马，鞍前马后忙得不亦乐乎的模样，怒气竟莫名其妙地消散了，反而有些为这个孩子感到骄傲。

"你是不是忘记捡柴火的事情了？"她语气和缓地问，"天都快黑了，家里却没有一根柴，鸡也没有喂。"

乔笛慌慌张张地收好工具后说："抱歉，妈妈，我给忘了。"

"嗯，以后你先做完家务活儿再去做别的事，这样就不会忘记了。看看你现在这副模样，要是不盯着你，恐怕你还会忘记更多的事。"

"妈妈，我能不能从菜园子里挖几根胡萝卜给小红马吃呢？"

提弗林太太犹豫了片刻，还是答应了孩子的请求："嗯……行吧，不过，只能挖那些长老了的大胡萝卜。"

"胡萝卜能让小红马的毛发保持光泽。"乔笛的话让母亲心中又泛起了一股莫名的骄傲。

自从有了小红马，乔笛再也不需要三角铁的声音催促他起床了。他总是会在母亲还沉浸在梦乡的时候溜下床，穿戴整齐，洗漱干净，偷偷到牲口棚去看他的小红马。清晨，万物寂静，只有熹微的晨光笼罩着苍茫的大地。在这浅浅的白色光线中，无论是大地、房屋、灌木还是树林，都灰蒙蒙的，看起来就像是照片的底片。草地上闪烁着白霜般的微光，结满晨露的草丛中都是野兔和田鼠的足迹，乔笛从沉睡的岩石和酣睡的柏树旁边悄悄走过，终于到了牲口棚前。棚前的树上有一只野鸡刚刚醒来，正有气无力地叫着。"靓仔"和"双树"听到脚步声就立刻竖起背上的毛，低声咆哮着从狗窝里跑出来，当它们闻到小主人熟悉的气味时，便翘起还不大灵活的尾巴，摇动几下，接着懒洋洋地钻进了暖和的窝里。

对于乔笛而言，这是一段奇异的时光、神秘的旅程，是梦境的延续。起初乔笛并不敢相信自己有了一匹小红马，所以前几天他都在不断地暗示自己那只是一场梦，父亲从没送给自己一匹小马驹，小红马从来没出现在牲口棚里。当他相信了小红马的存在时，他又开始想象小红马的尾巴和马鞍被老鼠啃得惨不忍睹。后来乔笛每次去牲口棚时，总会在最后一段路加速奔跑，迫不及待地想打开门上生锈的搭扣，走进棚里。不管他开门的动作多么轻柔，小红马总能察觉到。它会跺着前蹄，发出轻轻的嘶鸣，探出头来瞧他，眼中闪烁着灿烂的光芒，就像是一堆尚未燃尽的篝火。

有时，如果当天有活儿需要用到马，乔笛就会在牲口棚见到比利给马刷毛、套挽具。比利会陪乔笛一起，花很长时间观察小红马，并传授乔笛许多关于马的知识。他告诉乔笛，马特别在意自己的脚，所以为了消除它们的恐惧，我们要经常抬高它的腿，帮它轻轻按摩蹄子和脚踝。他还告诉乔笛，马是一种喜欢交流的动物，如果乔笛经常向它解释每件事情的缘由，它就不会频繁地与人作对。尽管我们无法确切知道马能听懂多少，但也不能断言它们完全听不懂。比利可以举出一大堆例子，证明那些经常听亲近的人讲道理的马儿更愿意配合人们办事。譬如说，有一匹马已经疲惫不堪了，但当主人告诉它再坚持一下，目的地就在眼前时，它便能立刻焕发精神，重新振作。还有一匹马，因受到惊吓而瘫倒在地，无法起身，但经过主人的解释和安抚后，它立刻恢复了常态，若无其事地站了起来。比利给乔笛讲这些事情的时候，总会拿来二三十根稻草，整齐地切成小段，塞到自己的帽檐里边。这样，当他想要剔牙或者嚼点儿什么东西的时候，只要伸手从帽子里取出一根即可。

乔笛总是聚精会神地听比利讲话，他知道，比利是远近闻名的驯马高手。虽然比利自己的马又瘦又小，还长着一个铁锤般的怪脑袋，可它总能在赶牛大赛上拔得头筹。比利想要套牛的时候，只需用套索在牛角上打个双套结，他的马儿便会自动绷紧绳子，与犍牛周旋，就像钓鱼的人戏耍上钩的鱼儿一样，直到犍牛被耍得精疲力竭地倒地为止。

每天早晨，乔笛替小红马洗刷完毕，就会打开栏舍的挡板，让它从自己身边冲过去，跑到牲口棚外，在围栏里一圈圈奔跑。有时候，小红马会突然向前一跃，腿部绷直落地，摆出一副受惊的模样来，缩缩耳朵、抖抖身子或翻翻白眼。跑够了，它会喷着响鼻走到水槽边喝水。它喝水的方式让乔笛倍感自豪，因为它会把整个嘴部都深深扎入水中，这是判断马匹优劣的重要标志——劣马喝水时只会用嘴唇轻触水面，好马则会将嘴部都浸入水中，水刚好只没到它的鼻孔处。

乔笛目不转睛地欣赏着他的小红马，那光滑流畅的腹部线条，紧绷有力的臀部肌肉，以及在阳光下熠熠生辉的红色毛发，都让他陶醉。乔笛从小到大见过不少马，奇怪的是，他从未注意到其他马匹的这些特点。如今，他看着小红马，竟发现它有一双会说话的耳朵——小马耳朵是否竖立可以表达它想说的话，耳朵的位置能够精准地表达马儿的情绪，紧张时耸立，放松时耷拉，向后倒表示生气和恐惧，向前探则表示好奇和欢欣。通过观察马耳朵的动向，人们可以准确地判断马对事物的看法和态度。

比利没有食言，入秋的时候，他们开始了对小红马的训练。首先是套笼头，俗话说，万事开头难，套笼头确实是驯马过程中最具挑战性的一步。乔笛一手拿着胡萝卜，轻声细语地安抚小红马，另一只手则缓慢地调整缰绳。小红马有些倔强，感到缰绳收紧，便站在那里一动不动。但没过多久，小红马就逐渐适应了，乔笛用缰绳引导它走遍整个牧场。接着，他开始逐渐放松对缰绳的控制。后来即使没有牵绳，小红马也会紧紧跟随在乔笛的身边，形影不离。

接下来，他们开始进行长绳训练。这项训练既耗时又费力。乔笛得作为圆心，手握长绳，用弹舌声指挥小红马绕着他奔跑。两下弹舌表示慢跑，三下弹舌表示快跑。当小红马欢快地跑着，动静越来越大时，乔笛便要大喊一声"吁——"，让小红马克制住自己的野性，停下步伐。没花多长时间，小红马就掌握了训练的要领，但它仍然是个顽皮的小东西。它会咬乔笛的裤子，踩他的脚，还会时不时向后甩动耳朵，出其不意地踢他一下。每次恶作剧之后，它总是一副心满意足的样子，仿佛在暗自窃喜。

乔笛把小红马掉落的尾毛都收集在一个小袋子里。夜晚，比利在壁炉边为乔笛做马绳。乔笛则坐在旁边，看着他是如何把毛发捻成一根根线，又把线揉成细绳，再将细绳编成一条绳索。比利还会把绳索踩在脚下，在地板上来回搓动，使它更加圆滑结实。

长绳训练即将圆满结束，但卡尔看到后却有些担忧。

"这都快变成一匹耍杂技的马了。"他这么说，"我不喜欢杂技马，它们没有任何尊严，就像街头的卖艺人一样，只知道服从别人，没有一点儿个性。我看，最好让它早些上鞍。"

乔笛飞快地跑进马具室。他已经把马鞍放在锯木架上练习好长一段时间了。有时候，他还会坐在锯木架上，幻想自己已经骑着小红马跃出马具室，伴随着哒哒的马蹄声飞驰在田野上。唯一美中不足的就是马镫的长度不太合适，虽然乔笛反复调整，但总觉得差了点儿什么。

第一次给小红马上鞍的工作异常艰难。小红马挺着脊背，腹带还未扣紧，马鞍就已经被甩落。乔笛尝试了一次又一次，好不容易才让小红马接受了马鞍的存在，但是扣腹带又是一项大工程。乔笛每天都将腹带收紧一点儿，终于有一天，小红马完全适应了马鞍。

接下来便是上辔头的环节了。比利让乔笛先用干草梗作为嚼子的代替品，让小红马习惯嘴里有异物的感觉。"当然，我们可以强行让它适应，"比利解释，"可是这样一来，就驯不出一匹好马了。它会对任何事情都心怀胆怯，瞻前顾后，因为它的胆识都被消磨殆尽了。"

小红马第一次真正接触到辔头的时候，它拼命地甩动脑袋，试图用舌头顶出嚼子，甚至嘴角都渗出了血丝。它无比惊恐，狂躁不安，两眼通红，转动着耳朵，想要在马槽上蹭掉辔头。对此，乔笛颇为欣喜，因为只有那些低贱的劣马才会乖乖受驯，一匹桀骜的烈马应该有这样不屈的表现。

可是，一想到自己第一次骑上小红马可能会被甩下来时，乔笛心里还是直打鼓。不过，被马甩下来并不是什么丢人的事情，真正丢人的是他可能没办法立刻起身重返马背。乔笛好几次梦到自己摔下马后没能立刻爬上去，而是躺在烂泥地里号啕大哭，那种羞耻感直到午后才能渐渐从心头褪去。

小红马很快就长大了，它不再是一只瘦骨嶙峋的小马驹，鬃毛开始变长，色泽也开始加深。乔笛的精心洗刷和梳理让它那一身毛发油光水滑、闪闪发亮，就像是涂上了一层橘红色的漆皮。为了防止马蹄开裂，乔笛总是帮它认真修剪并上油保养。

比利已经快把乔笛的马绳做好了。卡尔送给乔笛一副旧马刺，他把刺叉往内掰紧，又收短链条，截短马刺带，这才让它与乔笛的脚型完美适配。终于有一天，卡尔对乔笛说："没想到，小红马竟然长得这么快。看样子，感恩节前后你就能骑它了。你觉得你能稳稳地坐在它背上吗？"

"我也不大确定。"乔笛犹犹豫豫地告诉父亲。

离感恩节只有三个星期了，乔笛在心里暗暗祈祷，千万别下雨，以免弄脏那副红马鞍。如今，小红马已经很熟悉也很喜欢乔笛了，它看到乔笛穿过菜田向牲口棚走来的时候，总会发出一阵阵欣喜的嘶鸣。只要乔笛在牧场上发出召唤的口哨，它便会迅速跑到乔笛面前，然后得到一根美味的胡萝卜。

比利反复教导乔笛骑马的要领："上马后要把双膝夹紧，别用手去抓马鞍。要是被马甩下来，也别气馁。一个骑手不管多么出色，总会遇到难以驯服的马匹。重要的是，在马以为自己得逞之前，再次骑上去。不用多久，它就会放弃甩人；很快，它就没办法再把你甩下来了。这就是骑马的关键所在。"

"希望感恩节前不要下雨。"这就是乔笛的感想。

"这是什么缘故？你害怕掉进烂泥地里，摔个狗啃泥吗？"

这确实是他的担忧之一。除此之外，乔笛也在为小红马担心——他怕小红马在雨中失控，滑倒在地，进而压伤自己。以前确实发生过类似的事情，乔笛曾亲眼目睹一个骑手因马匹失控而受伤，在地上痛苦地翻滚，那场景至今让他心有余悸。

为了让自己在摔下马时不抓马鞍，乔笛右手拎着帽子，左手握着缰绳，骑在锯木架上，模拟着骑马的情况，当两只手都握着东西，他就无法抓桩头了。如果他在情急之下抓住了桩头，那得会是他一生中最丢人的经历，父亲和比利可能会对他很失望。如果这件事情传到别人耳朵里，母亲也会颜面尽失，学校里的同学们也会看不起他……一切都会因他抓了桩头而变得糟糕透顶。

在小红马适应了马鞍的时候乔笛开始练习踩马镫了，不过他从来没有尝试过要跨上马背，他要等到感恩节那天。

每天下午，乔笛都会给小红马套上马鞍，扣紧腹带。小红马已经学会在扣腹带的时候故意吸气，让腹部鼓胀起来，等到乔笛扣好腹带后再放松肚皮。有时候，乔笛会把它带到山艾丛那儿去玩儿，让小红马在长着青苔的圆木桶里畅饮甘甜清冽的泉水；有时候，乔笛也会把它带到小土坡上，远眺萨利纳斯的白色城镇、被羊啃得光秃秃的橡树林以及广阔谷地中的一片片田野。有时候，他们会穿过山艾丛，到后面的环形空地去。周围的草木郁郁葱葱，将这一小片空地环绕起来，仿佛与世隔绝一般。小红马喜爱这些地方，它总是高高地昂着脑袋，饶有兴味地翕动鼻孔。当他们探险归来时，身上总是带着一股清新的香气，那是在山艾丛中沾染的味道。

感恩节前，乔笛度日如年。在这漫长的等待中，冬季来势汹汹地降临了。厚重沉郁的云层低垂在山尖，整日笼罩着这片土地。夜间，狂风呼啸，橡树上不断落下的枯叶残枝铺满了地面。

乔笛一直期盼着感恩节前不要下雨，可雨还是来了。棕褐色的土地变成了黑色的烂泥地，雨水的微光在枝叶间闪烁，草垛和庄稼地里的麦茬都被沤烂了。夏天屋顶上的灰白色苔藓，现在全都成了鲜亮活泼的黄绿色。雨下了整整一个星期，乔笛一直把小红马关在干燥的栏舍里，只在晴天放学之后，才带它出去透透气，到围栏边的饮水槽喝水。

新生的嫩草已经冒出了芽儿，可雨还在不停地下着。最近乔笛去学校的时候，总是穿着雨衣和胶鞋。终于，一天早晨，灿烂的阳光洒满了大地。乔笛对在栏舍里忙碌的比利说："或许今天可以让小红马去围栏里跑跑。"

"出去晒晒太阳的确不错，"比利表示赞同，"没有哪头牲口喜欢一直被关着。今天我和你爸爸要到后山去清理泉水里的落叶。"

"可是，要是下起了雨……"

"今天不可能下雨了，之前那场雨持续了那么久，早就把储存在云里的雨给下没了。"比利卷起袖子，用带子绑好，"就算真的下了点儿雨，马淋了雨也不是什么要紧的事。"

"嗯，要是真的下雨了，而我去上学还没有回来，请你帮我把小红马牵回牲口棚，好吗？我怕它淋了雨会生病，到时候我就没法儿骑马了。"

"当然没问题！只要我能及时赶回来，我会帮你照料它的。不过，今天天上没有云彩，应该不会下雨。"

乔笛把小红马牵到围栏里，就到学校去了。

比利对许多事情的判断都相当准确，很少出错。然而，他却误判了那天的天气。晌午刚过，沉沉的乌云便涌向山头，下起了大雨。乔笛听着那滂沱大雨哗哗地打在学校的屋顶上，焦急万分，真想举手找借口离开教室，跑回家把小红马带回牲口棚。可要是他真的这么做了，隔天家里和学校都不会轻饶他。乔笛很快就打消了这个念头，反复劝说自己：不必担心，比利说了，马淋点儿雨并不是什么要紧的事。

放学了，乔笛顶着倾盆大雨奋力往家跑去。凛冽的寒风吹着雨水斜斜地砸在人身上，一阵阵地发疼。那些落在路面上的雨水变成了涌动的泥浆，乔笛踏着满是泥泞和碎石的小路，艰难地赶回家中。

在小土坡上，乔笛一眼就看见了他的小红马。它低着头站在围栏里，一身红色的毛发已经被雨打成了黑色，看起来又凄惨又可怜。乔笛立即冲进牧场，打开牲口棚的门，拉着小红马前额的毛发，把它带回栏舍，又找来一只麻袋为它擦拭湿漉漉的毛发和腿脚。虽然小红马浑身发抖，但它还是极有耐心地站在那里，任由乔笛打理。

乔笛尽全力给小红马擦干身子，又到屋里取来一些热水泡上饲料。小红马的胃口并不好，只是勉强吃了几口。它的背上微微冒着水汽，身子时不时战栗几下。

比利和卡尔回到家的时候，天已经快黑了。

"我们刚刚在本·赫齐家里避雨，所以回来晚了。今天下午的雨可真大。"卡尔说。

比利心怀愧疚地看向乔笛，发现乔笛正在用责备的眼神看着他。

"你明明说不会下雨的。"乔笛的话里带着谴责。

比利心虚地避开了乔笛的目光说："这个季节的天气，谁都说不准。"比利心里明白，这是个蹩脚的借口，他对天气的判断一向很准。

"小马淋湿了，浑身都湿透了。"

"你有没有替它擦干？"

"我用麻布把它擦干了，还喂了它一些热饲料。"

比利点了点头表示赞许。

"它会不会着凉，比利？"

"淋一点儿雨不是什么要紧事。"比利对乔笛保证。

"马又不是哈巴狗那样娇气的动物。"卡尔突然插嘴教训自己的儿子，他平日里最看不起软弱、娇气的人或动物。

这时，提弗林太太端来了鲜嫩多汁的牛排、炖土豆和西葫芦，食物的香气一下子充满了整间屋子，于是大家都入座准备用餐。卡尔还在嘀嘀咕咕地抱怨，他认为现在的人和牲口都被宠坏了，变得越发身娇体弱。

比利心里还是不大好受，毕竟是他的判断出了差错。"你有没有给小红马盖上毯子保暖呢？"他问。

"没有。我没有找到毯子，所以就给它盖了几个麻袋。"

"那吃完晚餐，我带你去给它盖毯子。"比利心里好受了些。

饭后，卡尔烤火去了，提弗林太太则开始清理餐具。比利拿来一盏提灯，点亮后带着乔笛深一脚浅一脚地踏过泥巴路，往牲口棚走去。牲口棚里光线很暗，却非常暖和，弥漫着一股青草的香气。棚子里的马匹都在忙着吃草。"你把灯拿好。"比利吩咐着，开始检查小红马。他摸了摸小红马的腿，测了测它肋部的温度，又把自己的脸贴在小红马的唇部，翻开它的眼皮，还用手指探了探它的耳朵。

"它看起来的确有点儿无精打采。"比利说,"我给它好好擦擦。"

比利拿来一只麻袋,卖力地揉搓着小红马的腿部、胸部和肩胛。小红马现在蔫头耷脑的,它没有抗拒比利的揉搓。最后,比利从马具室找来一床旧毯子盖在小红马背上,又用绳子把小红马脖颈和胸口的位置固定好。

"明天早上它就会好起来啦。"比利说。

乔笛回家时,提弗林太太看了他一眼,提醒道:"你睡觉的时间已经过了,快去休息吧。"她用粗糙的手掌托起儿子的下巴,将那些挡住他双眼的乱发拂开,认真地安慰道:"没事的,小红马会好起来的,比利的医术不比县里任何一位兽医差。"

乔笛没想到母亲竟然看出了自己的担忧。他挣开母亲的手,在壁炉前坐下烤火,直到胸口和肚子都被烤得热烘烘的,才回到床上去。乔笛觉得自己似乎已经睡了很久很久,醒来的时候,房间里一片漆黑,窗户上泛着一层白光,黎明似乎即将到来。乔笛起身摸索着自己的裤子。这个时候,隔壁房间的钟响了两声,于是他放下裤子,爬上床去,继续睡觉。等到乔笛再次醒来时,天已经大亮了。这是他第一次睡过头,甚至没有听到三角铁的响声。

乔笛急忙跳下床,穿好衣服,慌慌张张地往门外跑,连衬衫的扣子都没有扣好。提弗林太太已经在干活儿了,她默不作声地看了一眼儿子的背影,就继续忙活手里的事情,虽然她唇边露出了些许笑意,但她眼中尽是对这孩子的关切和担忧。

乔笛跑向牲口棚,还没进门就听到了他最害怕的声音——小红马的咳嗽声。他加快了速度，跑到栏舍边。比利正在照料小红马，用他厚实有力的大手给小马的腿做按摩。他抬起头看着乔笛，露出一丝笑意："过几天就会好的，它只不过是有点儿感冒。"

乔笛看着小红马，它低垂着脑袋，耷拉着耳朵，半闭着眼睛，眼皮干燥而肿胀，眼角结了一层厚厚的眼屎。乔笛伸出手，可这一次，小红马没有凑过来任他爱抚，而是咳嗽了起来。它咳得那么厉害，浑身都抽搐着，清水一样的鼻涕不断从鼻孔里流出来。

"比利，它病得好厉害啊。"乔笛扭过头去看比利。

"我说了，只是有点儿感冒。"比利说，"你快去吃点儿早餐，然后到学校去。我会看着它的。"

"可是，你一会儿可能会有别的事情，然后就顾不上它了。"

"不会的。我会寸步不离地守着它。明天是周六，到时候你就可以整天都陪着它了。"比利再次对自己的误判感到懊恼。为了弥补失误，他下定决心要治好小红马。

乔笛闷闷不乐地回到屋里，坐在餐桌边吃起了早餐。培根和煎蛋已经冷了，他机械般地咀嚼着，一直到早餐吃完了也没尝出味道来。尽管如此，他并没有尝试着提出留在家里的请求。母亲收走餐盘的时候，温柔地摸了摸他的脑袋，说："比利会好好照顾小红马的。"

乔笛在学校里一整天都愁眉苦脸，读不进一个词，答不出一道题。可是，他没办法对任何人说起小红马生病的事情，因为那会让他更加难过。终于放学了，乔笛提心吊胆地往家走去。他故意放慢了步子，任由别的孩子嘻嘻哈哈地超过他。他多么渴望这条路永远也走不完,这样他就永远不用面对病重的小红马了。

比利没有食言,他依旧守在牲口棚里。可是小红马并没有好转,反而看起来更加严重了。它的眼睛几乎无法睁开,眼皮底下透着一层薄薄的翳,也不知道它还能不能看清眼前的东西。它的鼻子也堵了,呼吸时发出尖利的哨音,虽然它时不时会喷几下响鼻,试图让呼吸通畅,可是鼻子却好像堵得更严重了。小红马的毛发变得肮脏凌乱,失去了往日的健康光泽。乔笛看了,心里难过得要命。虽然乔笛并不想询问站在一旁沉默的比利,但是他必须知道小红马的情况。

"比利,小红马……它还会好吗?"

比利把手指伸进栏舍,摸了摸小红马的下颌。"你摸摸这个地方。"他引导着乔笛的手,让他去触碰小红马下颌处的一个肿块。"等这个肿块再大一些,我把它切开,小红马就会好起来了。"

乔笛立刻转开了视线,他从别人那里听说过这种病。

"这是怎么回事?"

比利不太想告诉他,但又没有什么搪塞的借口,毕竟他不可能连续失误三次。"是马腺疫。"他简洁地告诉乔笛,"不过,不要太担心,我会治好它的。病得更严重的马我都见过,每一匹都被我治好了。现在,我要给它进行蒸汽治疗,你可以给我搭把手。"

"好的。"乔笛垂头丧气地回答。

于是,比利带着乔笛到饲料间去准备蒸汽袋。他拿出一个可以挂在马耳朵上的长帆布草料袋,装了三分之一袋糠,又装了几把干蛇麻草,然后在上面倒了少许石炭酸和松节油。

"我要把这些东西搅拌均匀,你去拿一壶热水来吧。"他说。

乔笛拿回热水壶的时候,比利已经把蒸汽袋紧紧地套在了小红马鼻子前。他把滚烫的开水从袋子侧面的一个小洞里灌进去,袋中的混合物接触到热水后,蒸汽立刻升腾而出。小红马吓了一跳,惊慌失措地试图跑开。这时,温暖又能舒缓神经的蒸汽涌入它的鼻腔,进入了肺部,它的呼吸慢慢变得通畅,但温热的水汽弄得它完全睁不开眼。小红马打了个寒战,四条腿也不由自主地颤抖起来。

比利继续往蒸汽袋里倒水。经过十五分钟的治疗后,他取下了套在小红马鼻子上的帆布袋。小红马看起来好些了,呼吸通畅了许多,眼睛也睁开了不少。

"瞧瞧!它蒸完以后多舒服。"比利说,"现在,我们再给它盖上毯子。没准儿明天早上它就差不多康复了。"

"今晚我来守着它吧。"乔笛说。

"不必,我会把我的铺盖拿过来,在干草堆里打地铺。你可以明天过来守着它,如果有必要,就再给它吸点儿蒸汽。"

他们回屋吃饭的时候,已经傍晚了。乔笛完全没有意识到,喂鸡和捡柴火的家务活儿已经有人帮他做完了。他绕过屋子,走到山艾丛里的圆桶边,俯身喝了几口冰凉的山泉水,水凉得他打了个哆嗦。山顶的天空依旧明亮,但积雨云已经从西边飘过来了。高高的天空上,有一只翱翔的隼,它的羽毛在夕阳下闪烁着点点光芒。两只乌鸦试图驱逐这个敌人,当它们展开翅膀的时候,羽毛也闪烁着熠熠光辉。

晚饭时,卡尔一句话都没有说,但是当比利拿着铺盖去了牲口棚后，他弄旺了炉火，讲起了故事。他讲了一个长着马尾巴和马耳朵的野人光着身子在乡间乱跑的故事，还讲了麦克斯韦尔兄弟的故事。这对赫赫有名的兄弟找到了一座金矿，却因为掩盖得过于完美，最后连自己都找不到金矿的确切位置了。

乔笛双手托着下巴，不安地动着嘴唇。卡尔发现了儿子的心不在焉，他问："这两个故事是不是很好笑啊？"

乔笛礼貌性地微笑了一下，干巴巴地附和道："是啊，爸爸。"卡尔被儿子敷衍的态度惹恼了，故事也就戛然而止了。

过了一会儿，乔笛拿着提灯，到牲口棚去了。躺在干草堆里的比利已经睡着了，小红马站在那儿，状态看起来明显好转，只是呼吸声还有些粗浊刺耳。乔笛抚摩着小红马的红色毛发，陪伴了它一会儿，然后拿起提灯，回到了自己的房间。

母亲在他上床之后走了进来，她温柔地说："被子够不够？天气已经变凉了。"

"够了，妈妈。"

"那就好，做个好梦。"母亲向外走去，脚步迟疑了片刻，"你的小红马会好起来的。"

今天乔笛很累，上床后很快就睡着了。第二天早上，三角铁还没响，他就醒了。还没等他走出屋子，比利已经从牲口棚走了过来。

"小红马怎么样啦？"乔笛问。

比利一边狼吞虎咽地吃着早餐，一边说："看起来精神了很多。我打算今早把它下颌的肿块切开，这样能让它好得更快。"

比利吃完早餐后，找了一把锋利的刀子，用磨刀石磨了很久，不断地用自己长满老茧的拇指去测试刀刃和刀尖。最后，还把刀子放在自己的上唇处试了试。

这是一个晴朗而寒冷的早晨。乔笛往牲口棚走的时候，发现那些嫩绿的草芽已经从土里冒出了头。在这些自由生长的绿色植物中，往日的麦茬已经没了踪影。

小红马看起来很糟糕，它低低地垂着脑袋，鼻子都快要碰到地上的干草了；它紧闭的双眼糊满了眼屎，每一次呼吸都带着呻吟声，就像是缠绵病榻许久的人发出的声音。比利抬起小红马虚弱的下巴，迅速下刀，黄色的脓水从肿块里涌出来。比利让乔笛托着小红马的脑袋，用棉签蘸着石炭酸油膏，帮它把伤口处理干净。

"过后它就会有所好转了，"他向乔笛保证，"就是这个有毒的脓疮害它生病的。"

乔笛用狐疑的目光瞧着比利："可它病得很重。"

为了消除乔笛的疑虑，比利思索了很长时间。他本想随便给出一个保证，可看着乔笛担心的样子，他又意识到自己不能这样做，于是改口说："没错，它病得很重，但是我见过病得更重的马都康复了。只要它不得肺炎，就能痊愈。你可以在这儿守着它，如果病情变重了，就过来叫我。"

比利离开之后，乔笛独自守着小红马。他摸着小红马耳后的皮肤，可小红马没有像之前那样摇头晃脑地回应乔笛的抚摸，它一直耷拉着脑袋。

"双树"站在牲口棚门口朝里张望,挑衅似的摇晃着自己的粗尾巴。乔笛看着它那副健康活泼的模样,只觉得来气。他捡起一个泥块,朝"双树"砸了过去,刚好砸中它的爪子。"双树"惨叫一声,夹着尾巴逃走了。

上午过半,比利回来了一趟,给小红马又进行了一次蒸汽治疗。乔笛一直盯着小红马,想看看它这次会不会像上次那样明显好转起来。可它只是呼吸畅通了一些,仍旧抬不起头。

这个周六无比难熬。傍晚时分,乔笛回屋取来自己的铺盖,铺在干草堆里,今晚他想睡在这里。乔笛没有去征求父母的同意,但他从母亲的眼神中能看出来,此时此刻母亲会答应他的任何请求。那天晚上,乔笛拿了一盏提灯,挂在栏舍上方的铁丝上。比利告诉他,每隔一小会儿就要给小红马揉揉腿。

晚上九点的时候,起风了,牲口棚外的树枝被摇得唰唰作响。乔笛非常担心小红马的病情,可是困意一阵阵袭来,他钻进被窝,渐渐进入了梦乡。梦里乔笛听到了小红马粗重的呼吸声和痛苦的呻吟声,他还听到了门的撞击声。乔笛被吵醒了,他睁开眼睛,发现牲口棚的门被刮开。

乔笛吓得急忙坐起来,往栏舍看去,只见那里的门也被吹开了,小红马已经不见踪影!他抓起提灯,冲到棚外的狂风中。小红马正低垂着脑袋,僵硬而缓慢地迈着步子往远处的黑暗走去。乔笛冲过去抓住它的鬃毛,把它牵回了牲口棚。它没有挣扎,也没有反抗,只是呼吸声变得更加粗重嘶哑,呻吟声也更加尖厉刺耳了。这下子,乔笛再也睡不着了。

天亮的时候，比利出现在牲口棚门口，这让乔笛非常高兴。比利像是从来没见过小红马似的，端详了它一阵，然后摸了摸它的耳朵和腹部。

"乔笛，我要做一件事，"他说，"你不会忍心看到这件事发生的，到屋里去待一会儿好吗？"

"你不会是要开枪打死它吧？"乔笛使出所有的力气，狠命攥住了比利的胳膊。比利轻轻地拍了拍乔笛的手背。

"不是的，"他对乔笛解释，"小红马的鼻子被堵住了，我要在它的气管上开一个气孔，以便它能呼吸。等到它康复以后，在那个气孔上安装一个小铜扣，它就能正常用鼻子呼吸了。"

即使乔笛想走，也不会在这个时候离开他的小红马。尽管亲眼看着小红马那一身美丽的红色皮毛被切开很可怕，但明知小红马会经历痛苦的事情还离开它才更加可怕。

"我要留在这里。"乔笛痛苦地说，"非得给它开气孔吗？"

"是的，必须这么做。你要是留在这里，可以帮我扶着它的脑袋。我的意思是说，你不觉得这难以忍受的话。"

比利又拿出了上次那把尖刀，仔细磨好。乔笛抬起小红马的脑袋，让它的脖颈绷直，比利在上面摸索着，寻找适合下刀的部位。当锋利的刀刃刺入小红马的喉咙那一刻，乔笛发出了一声痛苦的抽噎。小红马虚弱地挣扎了几下，然后就站在那儿不动了，等它缓过神来，便浑身剧烈地哆嗦着。温热的血流了出来，顺着刀尖流到了比利的手上，渗进他衬衣的袖子里。比利稳稳当当地在小红马的脖颈上开了一个小圆孔，一股气流从那个小孔中喷出来，溅出了一小股鲜血。随着氧气的涌入，小红马一下子有了力气。它奋力踢动后蹄，试图后退，乔笛赶紧按住它的脑袋。好让比利能将伤口处理干净。血很快止住了，小红马依靠那个小孔呼吸，空气不断地从那里涌入，发出轻微的气泡声。

雨水打在牲口棚顶上，呼唤大家吃早餐的三角铁也响了起来。

"我在这里守着，你先去吃早餐吧。"比利对乔笛解释道，"要防止这个气孔被堵住。"

乔笛慢慢地走了出去，他的情绪非常低落，甚至没有告诉比利牲口棚的大门被风吹开，小红马出去过的事情。他在灰暗的晨光中踏着满地的泥泞，冒着雨走回屋子。为了发泄心头的郁闷，乔笛故意去踩那些泥坑，弄得自己浑身都是泥点子，但母亲并没有多说什么，只是让他换上干净的衣服去吃早餐。她清楚，乔笛现在的心思都在小红马身上，没办法对她的任何问题做出回应。在乔笛准备回牲口棚的时候，母亲取来满满一锅热乎乎的饲料，对他说："你把这些拿去，让它吃点儿吧。"

"它现在什么也吃不了。"乔笛没有去接那锅饲料，飞快地跑出了屋子。他回到牲口棚，比利手把手地教他如何把棉球固定在木棍上，然后用棉球擦拭小红马伤口处的黏液，如果不及时消毒清理，这些黏液就会堵住小气孔。这个时候，卡尔走进牲口棚，跟他们一块儿守在栏舍边。过了很长一段时间，他对乔笛说："要不你跟我一块儿去赶车吧？"

乔笛摇了摇头，但卡尔坚持道："不要再待在这里了，你最好跟我出去走走。"

"尊重他的意愿，让他留下吧！"比利扭过头，生气地说，"这是他的小红马，不是吗？"

这话让卡尔的自尊心受挫，他不再说话，离开了这里。

在乔笛的看护下，小红马的气孔一直很畅通。到了中午，小红马伸着脖子，疲倦地侧身躺下。

比利回到牲口棚，他对乔笛说："要是你打算今天晚上继续守着它，最好现在先去睡一会儿。"

乔笛魂不守舍地离开了。天空晴朗无云，呈现出明亮的淡蓝色。潮湿的地上，小虫蠕动，鸟雀们正忙着捕捉这些虫子。

乔笛走到山艾丛边，坐在圆木桶旁。一阵寒风吹来，看来雨一时半会儿不会再下了。乔笛俯视着山坡下的房屋、陈旧的牲口棚和墨绿色的柏树。这片熟悉的景色已经悄然发生了变化，不再是乔笛以往看到的模样了。破土而出的嫩草伸展着纤细的身躯，泉水边的泥地上布满了上千只鹌鹑的爪印。

"双树"局促不安地穿过菜田，一瘸一拐地朝乔笛走来。乔笛想起自己用泥块砸了它的爪子，便搂住它的脖子，满怀歉意地吻了吻它的鼻头。"双树"似乎明白现在不是玩闹的时候，它静静地坐在那里，一本正经地用尾巴拍打着地面。

牧场安静极了，只有风声呼啸。乔笛很清楚，就算自己没去吃午餐，也不会被母亲责怪。于是他在那里坐了一会儿，又缓缓地走回了牲口棚。"双树"也跟着走了回去，钻进狗窝后它发出低低的呜咽声。

比利坐在一个木箱子上，见乔笛回来了便站起身，把棉签交给面前的小男孩。小红马仍然躺在地上，呼吸时，气孔的声音变得像拉风箱一样刺耳。乔笛看着小红马干枯蓬乱的毛发，终于意识到一件事：小红马没有活下去的希望了。这样的毛发是死亡即将来临的征兆，他在狗和牛身上都曾见过。他打开栏舍的挡板，坐在木箱上，心情沉重地凝视着小红马脖子上那个不断起伏的孔洞。他目不转睛地看了很久，最后，睡着了。

一个下午过去了，天快黑的时候，母亲装了一大盘炖菜送到牲口棚，乔笛吃了一点儿。天黑之后，为了能够看清气孔，乔笛把提灯放在小红马脑袋边上。可是，困意像一只无孔不入的小虫子，钻入乔笛的脑海。

乔笛被寒冷的夜风吹得打了一个激灵，猛地醒了过来。他从干草堆上拿来毯子，裹住自己。小红马脖颈上的气孔微微起伏，呼吸变平稳了。猫头鹰咕咕叫着飞到牲口棚里，四处寻觅老鼠。乔笛枕着自己的手臂睡着了。即使是在梦中，他也能够听到夜风在牲口棚周边横冲直撞。

乔笛再次醒过来的时候，天已经亮了。牲口棚门大开着，小红马已不见踪影。乔笛跳起来冲出去，冲进耀眼的晨光中。

新生的嫩草上沾染着晶莹的晨露，小红马蹒跚的蹄印在上面清晰可见。它往山艾丛那儿去了，蹄印间还带着一条细而连贯的痕迹，那是它因无力抬腿而拖行留下的。乔笛追着蹄印飞快地奔跑着。白色的石子在晨光的映照下闪耀着亮眼的白光，一团黑影从他身前掠过。乔笛抬眼一瞧，那是一群黑色的秃鹫。

这些阴沉可怖的大鸟在高空盘旋，越飞越低，很快就消失在山脊后面。乔笛心里又惊又怒，更加拼命地向前跑去。小红马的蹄印拐进了山艾丛，往一条蜿蜒的小路去了。

乔笛跑上山顶的时候，血液冲击着耳膜，脉搏突突地跳动着。他不得不停下脚步，大口大口喘气。这时，他看到小红马正奄奄一息地躺在山下的树丛间，四条腿轻微地抽搐着。秃鹫在它身边围成一圈，等待着死亡的降临。

乔笛急忙往山下冲去。他的身影被树丛遮住了，潮湿的地面又隐匿了他的脚步声，秃鹫没有发现他。但等他赶到时，一切都来不及了，领头的秃鹫正停在小红马的头上啄着它的眼球，黑红色的液体从秃鹫的喙上流下。

乔笛像一只猫一样，猛地扑进了秃鹫群。这些黑色的大鸟腾空而起，就像是一团团黑云，只有那只停在小红马头上的秃鹫迟了一步。在它跳跃着试图飞起的时候，乔迪紧紧抓住了它的翅膀边缘，硬是把它拽了下来，尽管这只秃鹫和乔笛的身形一般大。另一只没被揪住的翅膀猛烈地挥动着，重重地打在乔迪的脸上。它的利爪紧扣着他的腿，两只翅膀不断地拍击着他的脑袋，可他依然没有松手。

乔笛把全身的重量都压在秃鹫身上，一只手按住了它的脑袋，他死死地盯着秃鹫尖利的喙，眼睛里都是红血丝，眼神里满含仇恨与无畏。乔笛伸出另一只手拿起了一块尖利的石头，朝着它的喙狠狠地砸了下去，只砸了一下，它的喙就弯了，黑红色的血液从它弯曲的嘴角迸溅而出。接着乔笛砸了一下又一下，甚至那只秃鹫的翅膀已经一动不动地耷拉在了地上，他仍没有停手。

比利和卡尔找到乔笛时，乔笛还在发疯般地砸着那只秃鹫。比利一把将乔笛从死秃鹫身上拉开，并将他紧紧地搂在了怀里。乔笛浑身颤抖着，过了很久才平静下来。

卡尔拿出一块手帕，轻轻擦拭着乔笛脸上的血迹。乔笛沉默着没有说话，瘫倒在比利怀里，任由父亲摆弄着自己的脸。

随后，卡尔用脚尖将秃鹫的尸体踢开，有些心疼地说："乔笛，小红马并不是被秃鹫杀死的，这你不是心知肚明吗？"

"我知道。"乔笛的声音充满疲惫。

比利倒是生气了，他本来已经抱起乔笛准备往回走了，听到卡尔的话又停住脚步，冲着卡尔气冲冲地说："他当然知道。老天！我的老兄，你难道不能明白他的心情吗？"

第二章　大山

炎热的盛夏已经到来，牧场里的花草被烈日晒得垂下了头。乔笛无精打采地在牧场里东游西荡，他在牲口棚里用石头扔屋檐下的燕子窝，将那些泥筑的小窝一个个都打破，窝里脏兮兮的稻草和羽毛全掉了出来。他还从屋里拿了一块奶酪放在捕鼠夹上，然后摆在"双树"的必经之路上。他做这件事，倒不是出于什么残忍的兴趣，而是实在不知道该做些什么来打发这个漫长而炎热的午后。

"双树"果真来了，它傻乎乎地把鼻子伸进捕鼠夹，被狠狠地夹了一下，鼻头渗出了血。它痛苦地哀嚎着，瘸着腿走远了。"双树"一旦受伤，就会瘸着腿走路。因为它小时候曾被抓土狼的夹子夹伤过，自那以后它便养成了这个习惯，即使只受到责备也是如此。

听到"双树"痛苦的叫声，提弗林太太的呵斥声从屋子里传来："乔笛！别折腾那只狗，找点儿正经事做。"

乔笛愤愤地朝"双树"扔了一块石头，然后拿起放在门廊处的弹弓，向山艾丛走去。这是一把好弹弓，皮筋是从商店买回来的，乔笛常常用它猎小鸟，但是从来没成功过。他光着脚丫踢着尘土，穿过菜田走了过去。途中，他还在地上捡了块完美契合弹弓的小石子，圆圆的，略微有些扁，射出去时应该可以在空中飞行很长一段距离。他把小石子放进装弹弓的皮兜子里，继续向前走去。

在山艾丛的遮阴处，有许多忙着觅食的小鸟，它们不停地飞起来，又落下。乔笛眯着眼，拉开弹弓，嘴唇因为紧张而不停地翕动着。这是今天下午以来，他头一次这么集中精神。一只画眉鸟停在树桩上瞧了他一眼，看到弹弓便压低身子，做出一副要起飞的姿态。乔笛缓缓向前，逼近画眉鸟。他小心翼翼地抬起弹弓瞄准，"嗖"的一声射出了小石子。画眉鸟猛然起飞，却正好撞在小石子上，落到了草丛中。乔笛连忙跑过去，捡起死掉的小鸟。

"好，打中啦。"他说。

死去的小鸟看起来比活着的时候要小一些，这让他胃里有些难受，但这种难受又带着些许快意。他并不怎么在乎小鸟的性命，因此他对小鸟的死毫无愧疚，真正让他感到愧疚的是大人们看到他打死小鸟后，可能会说的那些话，他们一定会指责他。所以，乔笛决定永远不对别人提起这件事情，最好尽快把它抛到脑后去。

山上气候干燥，但圆木桶里盛满了清凉甘甜的山泉，在泉水溢出来的地方生长着柔嫩的青草，绿油油的，满是清香。乔笛在圆木桶里喝了几口水，又用山泉洗干净手上污垢。接着，他仰面躺在草地上，望着夏日晴空中那一团团纯净的白色云朵。

乔笛闭上一只眼睛，没有了透视感，他觉得云朵好像就在自己面前，一伸手就能够摸到。微风吹拂着云朵，把它们往一个方向赶，于是他也伸手推了一把。他觉得，在他的帮助下，云朵流动的速度快了不少。一朵胖乎乎的云被他赶到山脊边上，消失在了山背后。这朵白云看到了什么呢？乔笛对此有些好奇，于是他坐起来，打算好好看看大山背后的景色。

他看到层层叠叠的山峦，越是远处的山，越显得荒凉黑暗，视线尽头是一条嶙峋的山脊，向着西方绵延而去。大山是如此的奇特，如此的神秘。乔笛总觉得，自己对它知之甚少。

有一次，乔笛问父亲："山的那边是什么？"

"还是山吧。怎么了？"

"那些山的另一边呢？"

"还是山。你问这个干什么？"

"往那边去，一直都是山吗？"

"不是，最终会到达海洋。"

"那些山里都有什么呢？"

"悬崖、石头、灌木丛，还有干旱地区。"

"您去过山里吗？"

"没有。"

"有人去过山里吗？"

"可能没什么人去过，那里有悬崖，非常危险。我在书里读到过，全美国就属蒙特雷县①没有开发的山区最多。"父亲对此颇为自得。

"走到尽头就是海洋?"

"对。"

"可是,"乔笛追问起来,"山和海洋中间的地方呢?没有人知道那里有什么吗?"

"是的,估计没有多少人知道。不过,那里也不会有什么特别的,只有一些危险的悬崖、凌乱的石头和低矮的灌木丛,那些地方没有水源,你问这个干什么?"

"要是有机会到那里去看一看该多好呀!"

"那里什么都没有,去那里做什么?"

乔笛知道,山的那边一定存在着某些无人知晓且神秘莫测的事物,这是他的一种预感。

他去询问自己的母亲:"妈妈,你知道大山里有些什么吗?"

提弗林太太抬眼看看儿子,又看看荒凉的大山,说:"大概只有熊吧。"

"是什么样的熊?"

"你不知道吗?就是那只翻山越岭去见世面的熊②呀。"

乔笛又去问比利:"大山里会不会有古代城市的遗迹?"

"不可能的。"比利说,"山里又没有食物,除非有人能靠吃石头

---

① 蒙特雷是美国加利福尼亚州的一个市。
② 提弗林太太说的小熊出自一首美国孩子耳熟能详的儿歌,儿歌名称是《The bear went over the mountain(小熊翻山越岭)》。

填饱肚子，否则很难想象谁能在那里活下去。"

这就是乔笛获得的全部信息了。种种信息让他觉得，远处的大山既可爱，又可怖。他时常琢磨着这些绵延千里、远至海洋的山脉。清晨时分，山峰呈现淡淡的粉红色，像是在邀请自己前去一探究竟；黄昏时分，山峰又成了深沉的紫黑色，透着绝望的气息，看起来是如此冷漠，如此遗世独立，叫他望而生畏。

乔笛扭头瞧向东边的加碧兰山，山巅是茂盛的松林，岭上是成片的牧场，人们曾经在那里生活，也曾经在那里打仗。乔笛又看向远处的大山，鲜明的对比让他打了个寒战。

乔笛家的牧场就在这一带的谷地中，那里阳光灿烂温暖，生活安详宁静。在阳光下，他家的房子白得刺眼，牲口棚棚顶散发出柔和的褐色光辉，就连棚屋旁的墨绿色柏树看起来都如此和谐。小鸡悠闲自在地在土里啄食，奶牛在远处的山丘上吃草。

忽然，乔笛瞥见一个移动的身影。不远处的山上，有一个人正沿着山路缓缓走向乔笛家的屋子。乔笛立即站起来，往家跑去。

乔笛跑到家门口的时候，那个人还在半道上呢。他很消瘦，脊背却挺得很直，步履蹒跚。乔笛看得出来，他的年纪很大。那个老人走近一点儿后，乔笛看清了他的穿着。他身穿蓝色牛仔套装，戴着一顶又老又旧的牛仔帽，肩上背着一个装满东西的粗麻布袋。老人又艰难地走了一段路后，乔笛终于看清了他的面容。他的脸黝黑苍老，胡子和头发全白了。虽然他脸上一条皱纹都没有，可皮肤却很干瘪；那张脸上没什么肉，鼻子和下巴的骨骼就更显突出。他的眼白微微发黄，黑色的眼珠就更显深邃。他露在袖口外的手腕虽然干瘦,却很有力;粗糙而骨节分明的手指上,指甲修剪得干干净净。

老人走到门口,看着乔笛,放下肩上的麻袋,淡淡地问:"这里是你家吗?"

乔笛有些胆怯,他转头去看屋子,又看了看牲口棚,没有看到任何一个救兵从里面走出来,只好开口说:"是的。"

"我回来了。"老人说,"我的名字是基塔诺,我回来了。"

对乔笛来说,这可不是自己能处理好的事情,他转身就跑,推开纱门,奔进屋里找帮手。提弗林太太正在厨房里,用发卡专注地疏通着漏网上被堵住的孔洞。

"有个老头儿,"乔笛急切地对着母亲嚷道,"一个叫基塔诺的老头儿,说他回来了。"

"你在说什么?发生了什么事?"提弗林太太耐着性子放下手里的东西问道。

"家门口有个老头儿。妈妈,您快点儿出来吧。"

"我明白了,他是不是有什么事情?"提弗林太太解下围裙,用手指理了理头发。

"我也不知道,他是从山那边走过来的。"

提弗林太太终于整理好衣服,带着乔笛走了出去。基塔诺还站在门口。

"请问有什么事情需要帮忙吗?"提弗林太太问。

"我叫基塔诺。"老人摘下自己的旧牛仔帽,把它放在胸口,又说了一次,"我回来了。"

"回来?回到什么地方?"

基塔诺身体微微前倾,用右手点了点山坡、土丘和大山,画了一个圈,"回到牧场来。我和我的父亲一样,出生在这里。"

"这里?我们这里是一个新建的牧场呀。"提弗林太太困惑地说。

"不是这里,是那儿。"基塔诺指了指西边,那是山脊的方向,"我出生在山的那一边,我家的房屋已经不在了。"

"你说的是那间被雨水冲垮的旧土屋吧?"提弗林太太明白了。

"是的,夫人。我家的牧场破产之后,屋子就再也没有抹过石灰,所以被暴雨冲刷受潮后就倒塌了。"

提弗林太太沉默片刻,心头泛起一阵莫名的思乡之情。不过,她很快就平静下来,重新找到了问题所在:"那么,你现在到我们这儿来干什么,基塔诺?"

"我想一直留在这里。"基塔诺平静地说,"如果你不介意,就留我在这里干活儿吧。"

"可是我们并不缺人手呀。"

"夫人,我干不了什么重活儿了。但是喂鸡、挤奶、劈柴之类的轻活儿,我都能做。我希望能够留在这里。"基塔诺指了指自己脚边的麻袋,"这是我的全部家当。"

提弗林太太转过头告诉乔笛:"到牲口棚跑一趟,把你爸爸叫过来。"

乔笛飞快地跑到牲口棚叫来了父亲,比利也跟了过来。老人还在那儿站着，但是状态已经放松下来了，他的身体不再紧绷，就像是进入了永恒的宁静一样。

"发生什么事了？"卡尔问，"为什么乔笛那么激动？"

提弗林太太指了指面前的基塔诺："他想留在牧场做零工。"

"真遗憾，我们不需要人手了，而且他的年纪太大了，牧场里有什么活儿比利都能干。"

夫妻俩旁若无人地讨论着，但他们随即就住了口，抱歉地看着老人。

"我的确年纪太大，干不动什么活儿了。"基塔诺清清嗓子，"可是我想要回到我出生的地方。"

"可是你出生的地方不在这儿呀。"卡尔尖锐地指出这一点。

"没错，虽然我出生在山那边的土屋，但更早之前，这一整片地方都是我家的牧场。"

"那间垮掉的土屋是你家的房子？"

"是的，我和我父亲都在那里出生。现在，我想留在这个牧场。"

"我已经告诉你了，我们没法儿让你留下来。"卡尔恼怒地说，"我不需要一个老头儿做零工，而且我这里也不是能够给你养老的大牧场，承担不起你的伙食费和医疗费。你肯定还有亲朋好友，去找他们吧，别在这里像乞讨一样恳求陌生人了。"

"我出生在这个地方。"基塔诺执拗而平和地说。

卡尔不想表现得残忍冷酷，但他觉得自己必须狠下心来，才能赶走这个不速之客。"你今晚可以留在这儿吃顿饭，然后在旧棚屋的小房间里过一夜。明天早晨，我们再招待你吃顿早餐，然后你就得离开这里了。去投奔你的亲友吧,可别死在陌生人家里。"

基塔诺戴上牛仔帽,弯腰去拿那个麻袋,接着又说了一遍:"我的全部家当都在这儿了。"

卡尔转过头:"比利,走,我们去把活儿干完。乔笛,你领他去棚屋。"

卡尔和比利回牲口棚去了,提弗林太太则转身回屋,对着乔笛说了一句:"我一会儿拿几条毯子过去。"

乔笛看了基塔诺一眼,老人的眼神中带着询问的神色。

"请跟我来。"乔笛有些兴奋地说。

旧棚屋的小房间里有一张折叠床,上面铺着用玉米壳做的床垫,还有一盏放在苹果箱上的小灯和一把没有靠背的椅子。基塔诺小心翼翼地把麻袋放在地上,坐在床边。

乔笛腼腆地站在那里,思考着自己是否应该离开。最后,他小心翼翼地开口询问:"你一直都生活在山那边的大山里吗?"

"不是,我以前还在萨利纳斯谷工作过。"

"那你有没有进过山谷?"关于大山的执念仍然萦绕在乔笛的脑海中。

"去过一次——在我很小的时候,我父亲带我去的。"老人的眼睛凝视着前方,似乎是在瞧着记忆中那个年少的自己。

"那你到过大山深处吗?"

"嗯。"

"大山深处有些什么?"乔笛喜出望外地叫了起来,"你在那里有没有见到人或房屋?"

"没有。"

"那里有什么东西?"

基塔诺陷入了回忆之中,眉间出现了一道细细的纹路。

"你在山里见到了什么?"乔笛锲而不舍地追问。

"我不知道,"基塔诺说,"我想不起来了。"

"那里是不是很荒芜,而且还没有水?"

"我想不起来了。"

乔笛激动得甚至忘记了害羞:"难道你一丁点儿都想不起来了吗?"

老人张了张嘴,在脑海里搜寻着那个最贴切的字眼儿。"我记得山里很寂静——我觉得那儿很美。"他似乎想起了什么,眼神变得柔和起来,嘴角泛起一丝浅浅的笑意。

"你后来有没有再进过山里?"乔笛继续问。

"没有了。"

"你想不想再去一次?"

这个时候,基塔诺的表情已经有些不耐烦了,他说:"不想。"语气中明确地透露出不想再继续这个话题的意思。

被人如此直接地拒绝,乔笛突然觉得有些不好意思,可是他的好奇心还没有得到满足。不愿意离开的乔笛又搜肠刮肚地想出了另一个问题:"你想不想跟我到牲口棚去,瞧瞧我们的牲口呀?"

基塔诺站起身,戴上牛仔帽,准备跟着乔笛去瞧一瞧。

这时已到傍晚,有五匹马正悠闲地从山坡上走下来饮水。乔笛领着基塔诺来到水槽附近,站在那儿观察着马儿。它们喝过水后就四下散开活动,有的忙着啃草根,有的忙着在被磨得光亮的栏杆上蹭痒痒。过了很长一段时间,一匹老马翻过坡顶,从上面缓缓走下来。那是一匹年迈的瘦马,牙齿又长又黄,马蹄被磨得又尖又薄,肋骨往外凸出。它蹒跚着来到水槽边,发出响亮的吸水声。

"这是老伊丝特。"乔笛对老人解释道,"它是我爸爸的第一匹马,已经三十岁了。"他抬起头,看着老人那双沧桑的黑眼睛,等待着他的回应。

"已经不中用喽。"老人说。

这个时候,卡尔和比利走出牲口棚,朝他们走了过来。

"年纪太大了,干不了活儿。"基塔诺接着说,"光知道消耗口粮。"

卡尔的耳朵捕捉到了老人最后那句话,一股厌恶之情从他心底油然而生。虽然他不喜欢冷酷地对待那些上了年纪的人,但这股情绪促使着他再一次硬起心肠,说起了伤人的话:"我真后悔当初没有射死伊丝特,它已经是上了年纪的牲口了,关节的疼痛随时让它在休息时翻来覆去,活着也只是遭罪,早就该结束它的痛苦了。"他一边说,一边暗暗地瞧着基塔诺,看他是否领会了他的言外之意,但是老人站在那里一动不动,就连视线也没有从伊丝特身上移开。他继续说道:"一发子弹,一声枪响,脑袋或许会狠狠地疼上一下,但是总比关节痛强。只要一下,一切就结束了。"

"它们辛苦了一辈子,"比利插嘴说,"该有休息的权利,它们可能更喜欢随心所欲地到处走走呢。"

卡尔一直注视着那匹瘦骨嶙峋的老马。"你们现在可能没法儿想象伊丝特当年的模样，"他柔声说，"柔顺的毛发，修长的脖颈，强壮的身躯，一步就能跨越五根木头宽的栏舍门。我十五岁的时候，骑着它跑赢了一场平地赛。无论卖给谁，它都值得上两百美元。"卡尔克制了一下涌动在心头的情绪，他最讨厌软弱，现在自己却变成了软弱的人。他开口继续说："但是现在，它该挨上一枪了。"

"它该有休息的权利。"比利坚持道。

卡尔想说句俏皮话缓解气氛，于是他转过头，对老人说："要是山坡上能长出火腿和鸡蛋来，我倒是很愿意你留在我家的牧场里，那样我就不用从厨房里给你拿吃的了，我家的经济情况养不起多余的人了。"

这句俏皮话显然很让他得意，在回屋的路上，他还在不停地拿这事儿跟比利打趣："要是山坡上能长出火腿和鸡蛋来，我们的日子过得可就舒服喽！"

乔笛知道，父亲只是在试探说些什么话能够刺伤老人的心。他自己就经常被父亲拿话刺伤，父亲对他内心的每一处弱点都了如指掌。

"我爸爸只是说说而已。"乔笛告诉基塔诺，"他并不是真的想射死伊丝特。伊丝特是他的第一匹马，他很爱它。"

日落西山，乔笛和老人依旧站在原地，牧场一片静默。老人在暮色中显得自在了一些，他动了动嘴唇，发出一声尖利而古怪的哨音，同时把一只手伸进围栏。老伊丝特僵硬地走过来，任凭老人触碰。老人揉了揉它的鬃毛之下僵硬的脖颈。

"你喜欢它吗？"乔笛问。

"喜欢——但是它已经不中用了。"

这时,三角铁的声音传来。"到开饭时间啦,"乔笛叫着,"走,我们去吃饭吧。"

两人朝屋子走去。一路上,乔笛注意到,基塔诺的身姿和年轻人一样挺拔,如果不是步子有些蹒跚,完全看不出他的老态。

提弗林太太透过纱门,看着他们走上了后门的台阶,她说:"乔笛,动作快点儿。进来跟我们一起吃吧,基塔诺。"

卡尔和比利已经坐在餐桌边大快朵颐了。乔笛没有伸手去拉椅子,而是直接挤进餐桌与椅子间的空隙坐下。基塔诺握着他的帽子,没有落座。

卡尔抬起头说:"坐下来吧,最好吃饱肚子再离开。"他很担心自己一时心软允许老人留下,所以在不停地提醒自己,对待老人的态度得始终如一。

基塔诺把帽子放在地上,拘谨地在椅子上坐下来,他并没有伸手去取食物。

卡尔把食物递给他,接着说:"拿去,把你的肚子填得饱饱的。"

基塔诺慢慢地吃了起来,他把肉切得很小,土豆泥盛得也不多。

但是这并不能让卡尔放下那颗揪紧的心,他问:"你在这一带有没有什么亲人?"

"有,我妹夫和我的一些表亲居住在蒙特雷。"基塔诺不卑不亢地回答。

"这样啊,那你可以去投奔他们。"

"可我出生在这里。"基塔诺温和而坚定地反驳着。

这个时候,提弗林太太从厨房走进来,手里端着一大碗木薯布丁。

"我有没有跟你说过?"卡尔笑着对妻子说,"要是山坡上能长出火腿和鸡蛋来,我就把他留在牧场好好照顾,就像照顾老伊丝特一样。"

基塔诺一动不动地盯着面前的餐盘。

"真可惜他没法儿留下来。"提弗林太太说。

"你可别没事找事。"卡尔粗声粗气地说道。

饭后,卡尔、比利和乔笛到客厅里坐了一会儿。基塔诺一言不发地穿过厨房,从后门走了出去,既没有道别,也没有道谢。乔笛坐在那里偷偷看了父亲一眼,他知道父亲此刻心里并不好受。

"这一带尽是这种漂泊无依的老头儿。"卡尔对比利说。

"他们都是好人。"比利为他们辩护起来,"他们的身子骨可比白人硬朗多了,工作时间也比白人长。我曾见过一个一百零五岁的老人仍在骑马,而一个与基塔诺年纪相仿的白人,却无法像他那样走三五十英里的路。"

"嗯,没错,他们的确很吃苦耐劳。"卡尔承认道,"嗨,你现在是在为他说情吗,比利?你听着,我为了维持这个牧场不被意大利银行收走,已经够艰难的啦,我可养不起更多人了。你是知道的。"

"我当然知道啦。"比利说,"如果手头宽裕些,事情就不一样了。"

"是啊。再说了,他又不是无处可去,他还有能投奔的亲戚呢,干吗非得让我来操心他的生活?他的妹夫和表亲就在蒙特雷啊。"

乔笛坐在旁边静静地听着父亲和比利的谈话,此时基塔诺那句温和的反驳回荡在他耳边——"可我出生在这里"。那个老人就和大山一样神秘，在他晦暗的眼睛里一定隐藏着某种未知的事物，就像绵延万里的山岭间隐藏着一个未知的世界。可是，他不愿提起太多，他让人感觉捉摸不透。乔笛想要到棚屋里去跟基塔诺待在一起，于是趁着夜色，悄悄溜出了门。

夜深了，乔笛蹑手蹑脚地穿过黑漆漆的院子，来到棚屋的窗边，他踮起脚往房间里看。房间里透出一丝灯光，基塔诺背对着窗户，坐在那把没有靠背的椅子上，右手在身前缓缓地来回移动，似乎在擦拭着什么。随后乔笛走到门前，推开门，走了进去。

基塔诺慌忙直起身，抓起一块鹿皮，想要盖住放在自己腿上的东西，可鹿皮落在了地上。他手里拿着一把漂亮的剑，剑身细长，有着雕金的镂空护手，细而薄的剑刃闪烁着幽幽冷光。乔笛很快就被眼前的利剑吸引住了。

"这是什么剑呀？"乔笛问。

基塔诺不回答，只是用愤怒的眼神盯着乔笛，他伸手捡起鹿皮，紧紧裹住了那把剑。

"不能让我瞧一瞧吗？"乔笛对他伸出了手。

基塔诺摇摇头，眼中的怒火仍在燃烧。

"这是哪来的剑？你是从什么地方得到它的？"

这回，基塔诺深深地看了他一眼，似乎在考虑是否应该回答他。"我父亲给我的。"最终他开了口。

"那他又是从哪里得到这把剑的呢？"

"我不知道。"

"他没有告诉你吗？"

"没有。"

"你用它来干什么？"

基塔诺愣了一下："不干什么，只是把它留在身边。"

"不能让我再看一眼吗？"

基塔诺缓缓解开鹿皮，灯光将宝剑照得闪闪发亮。片刻之后，他又把剑包了起来，借口说："行了，你走吧，我想睡觉了。"

乔笛走出房间，还未关门，老人就已经熄灭了小灯。乔笛关上门便往回走，他现在无比清醒。从基塔诺小心谨慎的行为来看，那把剑应该藏着许多秘密，他明白自己绝对不能和任何人提起那把剑。一旦这个秘密被人发现，就会揭露一些令人难过或震惊的真相，这样将会导致很可怕的后果，甚至会毁掉目前安静平和的一切。

乔笛穿过院子的时候碰上了比利。

"你爸妈正疑惑你跑哪儿去了呢。"比利说。

乔笛悄悄走进客厅，卡尔转过身来问他："你去哪里了？"

"我去看捕鼠夹上有没有老鼠。"

"你该睡了。"卡尔说。

早晨，乔笛第一个来到餐桌边，接着是卡尔，最后是比利。

提弗林太太从厨房探头出来瞧了一眼，问道："比利，那个老人去哪里了？"

"大概是出去散步了。"比利说，"我来的时候瞄了一眼，他不在房间里。"

"可能他一大早就离开了呢。"卡尔说,"到蒙特雷可有很长的一段路要走。"

"他没有走,"比利说,"他的麻袋还在呢。"

饭后,乔笛往棚屋走去。这个早晨,牧场似乎特别寂静,只有苍蝇在阳光下嗡嗡地飞。乔笛趁没人注意,偷偷钻进老人睡的小房间,翻开他的麻袋。麻袋里只有一条换洗的棉内裤、一条牛仔裤和三双破旧的袜子。乔笛觉得心里空落落的,垂头丧气地回到屋子里,他看到父亲正在门廊那儿跟母亲说着什么。

"我估计老伊丝特死了,"父亲说,"今天我没看到它和别的马一起下来喝水。"

"也许它正在山坡上歇脚呢。你也知道,它走不快。待会儿让比利去看看吧!"母亲望着山坡那边担忧地说。

"比利比我还关心那匹马,不用嘱咐他,他也会去看看情况的。"

"不知道那个老人去哪里了。"

"别跟我提他!他应该去自己该去的地方。"

上午过了一半,杰斯·泰勒骑着马从山上的牧场走下来,走到卡尔面前时,他问:"卡尔,你是不是把那匹离死不远的老灰马卖掉了?"

"当然没有。出什么事啦?"

"今天早上我出门的时候,看到一件有意思的事情。"杰斯说,"我看到一个老头儿骑着一匹无鞍马,用一根绳子当作缰绳,穿过树林上山去了。他手里好像还拿着枪,反正我看他拿着和枪有点儿像的东西。"

"是基塔诺。"卡尔说,"我得去看看我的枪少了没有。"他进屋检查了一番,随后走到屋外对杰斯说:"枪全都在。你知道他往哪个方向去了吗?"

"哎呀,这说起来就很有意思了,他径直往山里去了。"

卡尔笑了起来,随后说:"年纪再大也不妨碍他们顺手牵羊。除了老伊丝特,他大概没带走什么东西。"

"要去追吗,卡尔?"

"随他去吧,正好省了我埋那匹老马的力气。真奇怪,他从哪里弄来的枪,到山里去做什么呢?"

乔笛穿过菜田,走向山艾丛。他将目光投向了远处巍峨连绵的大山——大山一直延伸到海边。有那么一刻,他觉得自己似乎看到最远处的山脊上有个攀爬的黑点。乔笛想着大山,想着老人和他的剑,内心被一种深切的渴望触动了。这渴望是如此强烈,以至于他想要用眼泪来宣泄情绪。他躺在圆木桶边的草地上,用手臂盖住了眼睛。乔笛在那里躺了很久,心中充满了说不出的悲伤。

第三章　承诺

这是一个春日的午后,乔笛劲头十足地沿着树丛边的小路往自家牧场走去。他边走边用膝盖不停地撞着手中的金黄色猪油罐子——这是他用来装午餐的餐盒。乔笛高高地抬着腿,重重地踏着步,他的身后仿佛跟着一支无形的军队。军队中的士兵们扛着军旗,拿着宝剑,悄无声息地跟在乔笛身后,似乎随时可以在无形之中置人于死地[①]。

春天是由金色和绿色组成的。橡树披着金绿色的头巾,山艾丛的新叶闪烁着银色的光泽,山坡上是茂密的牧草,橡树下是细软的青草。山岭上弥漫着一股草叶的独特清香,诱使那些马儿在草地上不停地奔跑,就连上了年纪的绵羊都像小羊羔一样,在踏上草地时,先活泼地纵身一跳,再低头吃草。

乔笛率领着"幽灵大军"路过时,牲畜们都停止了嘴上的动作,目送着他和他的大军走过。忽然,乔笛停下脚步,跪在地上。"幽灵大

[①]身后的军队以及后文提到的步枪、猛虎和黑熊,都是乔笛自己的幻想。

军"也跟着他停了下来，焦躁不安地站在那里。不一会儿，他们就发出轻轻的叹息，化作烟雾，消失得无影无踪了。

原来乔笛在路上看到了一只蜥蜴，这家伙头冠上的尖刺颇为显眼。他伸出脏兮兮的小手，一下子抓住了蜥蜴带刺的头冠。小家伙在他手中拼命挣扎，却被他翻转过来，露出淡黄色的肚皮。乔笛用手指轻轻抚摩蜥蜴的喉部和胸部，它放松地闭上眼睛，懒洋洋地睡着了。

乔笛打开餐盒，把捕获的第一只猎物塞了进去。他微微弯着膝盖，蹑手蹑脚地继续往前走去。现在，他的右手握着长长的步枪，注视着前方颤动着的树丛，那里有一群猛虎和黑熊。乔笛的狩猎大获成功，尚未走到邮箱所在的岔路口，他就已经抓到了两只蜥蜴、四只草蜥、一条蓝色小蛇、十六只黄蚂蚱和一只躲在大石头底下的棕色蝾螈。各式各样的猎物都被他放在了猪油罐子里，它们不停地挠着铁皮盖子，试图钻出这个牢笼。

乔笛的步枪在岔路口消失了，就像那些猛虎和黑熊一样，就连罐子里那些带着湿漉漉水汽和脏兮兮尘土的猎物都被乔笛抛到了脑后，因为邮箱上的红色小旗子竖了起来——那表示里面有邮件。

乔笛把餐盒放在地上，打开邮箱，里面放着一份蒙哥马利·沃德公司的邮购目录，还有一份《萨利纳斯周报》。乔笛随手关上邮箱，抄起他的餐盒，快步走上小山坡，朝自家牧场跑去。他跑过牲口棚，径直冲到屋子的纱门前嚷了起来："妈妈，妈妈，邮购目录到啦。"

此时此刻，提弗林太太正在厨房用勺子往纱布袋里倒酸凝乳。听到乔笛的喊声后，她放下手里的东西，洗了洗手，扬声喊道："乔笛，我在厨房呢。"

乔笛跑进厨房,把餐盒"砰"的一声放进水槽里,随后对母亲说:"邮购目录到啦。妈妈,我能不能拆开瞧一瞧呀?"

提弗林太太又拿起勺子,一边做干酪一边说:"别把目录弄丢了,你爸爸还要看呢。"她把最后一点儿酸凝乳也倒进纱布袋,忽然想起来什么事情,"对了,乔笛,你爸爸让你回来之后先去见他,然后再去做家务活儿。"她随手赶走了一只绕着纱布袋嗡嗡乱飞的苍蝇。

"什么?"乔笛慌慌张张地合上邮购目录。

"你为什么不能好好听别人说话呢?我说,你爸爸要见你。"

"是……是我做了什么坏事吗?"乔笛小心翼翼地把目录放在案板上。

"你做什么坏事了?"提弗林太太笑了起来,"怎么心里总是有鬼呢?"

"没有啊,妈妈。"乔笛底气不足地说。但是他并没有想起来自己到底有没有做坏事,再说了,谁知道自己的行为事后会不会被判定为坏事呢?

提弗林太太把装满酸凝乳的纱布挂在钉子上,好让乳清被分离出来,流进水槽。"他只说让你回来之后去见他一趟,他现在应该在牲口棚那里吧。"

乔笛转过身,从后门走了出去。提弗林太太在这个时候打开了猪油罐子。乔笛听见母亲又惊又怒地倒吸了一口冷气,才猛然想起来自己往里面装了些什么东西。他拔腿就跑,装作没有听见母亲在厨房怒气冲冲的呼唤。

这个时候，卡尔和比利正在牧场的围栏边闲聊，两个男人都把自己的一只脚踏在最低的栏杆上，把胳膊肘儿悠闲地架在最高的栏杆上。牧场里，六匹悠闲自在的马儿嚼着清甜多汁的青草。那匹名叫蕾栗的栗色母马正用身子抵着大门，在门柱上蹭屁股。

乔笛惶惶不安地朝父亲和比利走了过去，为了表示自己的无辜和冷静，他有意拖着脚步，小心地靠近他们。等走到栏杆前，他就学着他们的样子将胳膊放在第二根栏杆上，然后抬眼望着牧场，假装自己什么坏事都没做。

两个男人侧过头瞧着他。

"我有事情要跟你说。"卡尔严肃地说，通常他只有在训斥孩子和牲畜时才会用这样的口气。

"好的，爸爸。"乔笛有些心虚地回应。

"比利刚才告诉我，之前那匹红色小马活着的时候，你把它照顾得不错。"

这听起来不像是要惩罚他，乔笛的胆子大了一些："是啊，爸爸，我照顾得很用心。"

"比利说你对马挺有耐心。"

乔笛突然觉得自家的雇工真是亲切又温柔。

"他驯马也是有模有样的，"比利插嘴，"不输给我见过的任何一个人。"

"那么，要是你能够再次拥有一匹马……你能好好照顾它吗？"

看来这才是卡尔要说的重点。

乔笛激动得浑身发颤,他说:"我会的,爸爸。"

"好吧,你听好了。比利说:'如果一个人要成为养马能手,最管用的办法就是让他从马驹开始养起。'"

"这是唯一管用的办法。"比利又插了句嘴。

"你瞧,乔笛。"卡尔指着不远处的山脊继续说,"杰斯·泰勒在山上的牧场里养着一匹漂亮的种马,花五美元就可以让母马跟它配种。我可以出这笔钱,但是你一整个夏天都得给我干活儿,你愿意吗?"

"我愿意!"乔笛觉得自己的五脏六腑都在收缩,"我愿意,爸爸。"

"你能保证吃苦耐劳,不会把我吩咐你的事情抛到脑后吗?"

"绝对不会。"

"那好吧,明天一早,你就把蕾栗带到杰斯·泰勒的牧场去配种。然后,你要好好照顾蕾栗,直到它生下一匹小马驹。"

"好的,爸爸。"

"现在快去喂鸡捡柴吧。"

乔笛昂首挺胸,以一种成熟稳重的架势,微微摇晃着肩膀,快步走开了。当他从比利身后走过时,他甚至想伸出手去碰一碰比利穿着牛仔裤的大腿,以表示自己深深的谢意。

乔笛带着前所未有的庄重态度去干家务活儿了。那天,他没有把整罐麦粒随意倒在鸡群间,任由它们踩踏争食,而是均匀地把麦粒撒在地上。当他把柴火搬进屋里时,母亲正生气地抱怨他在猪油罐里塞了那么多滑腻腻、半死不活的爬虫，他立即向母亲保证绝不会有下一次。乔笛打心眼儿里觉得，自己再也不会有任何傻乎乎的举动了。他已经长大了，再也不会把蜥蜴塞进餐盒了。乔笛把柴火堆得高高的，高得提弗林太太担心稍有不慎就会倒塌；码好柴火，乔笛又找到了几个被母鸡藏了好几周的蛋；干完活儿，乔笛经过棚屋和柏树，往牧场走去。

乔笛没有看见父亲和比利，但是他听见牲口棚的另一头传来了一阵铜铃声，他知道那是比利正在给母牛挤奶。其他马儿都在牧场的另一边吃草，只有蕾栗还在柱子上烦躁地蹭来蹭去。乔笛慢慢走过去，对它说："好姑娘，蕾栗，乖一些。"可是蕾栗没有乖乖听话，它耳朵向后压倒，掀起嘴唇，露出黄色的牙，转动着脑袋，眼睛亮得不同寻常，动作中透露着一丝狂乱。乔笛爬到围栏上方，用疼爱的眼神望着它。

天已经黑了，蝙蝠和夜莺到处乱飞。比利挤完奶，正拎着满满当当的奶桶往屋里走。他看到乔笛，停下脚步。"时间还早着呢！"他温和地对乔笛说，"你要这么等下去，早晚会觉得烦的。"

"不，我不会的。比利，要等多长时间呢？"

"差不多一年时间。"

"没事，我不会觉得烦的。"

三角铁刺耳响亮的声音传来。乔笛从围栏上爬下来，牵着比利的手，和他一起回去吃晚饭。

第二天吃早餐的时候，卡尔用报纸包着一张五美元的钞票，放进乔笛工装裤的口袋里。比利给蕾栗上了缰绳，牵着它走出了牧场。

"小心点儿！"比利警告着，并把手中的缰绳递给了乔笛，"抓高一点儿，别让它咬你，它现在的脾气很暴躁。"

乔笛握住了缰绳，牵着脚步轻快的蕾栗朝山上的牧场走去。清晨的阳光照在乔笛的脊背上，是那么温柔，那么暖和，让刚刚觉得自己长大成人的乔笛难以保持镇定，他欢快地蹦跶了几步。草原上的云雀歌唱着，橡树林中的野鸽子哀叹着，野兔竖着耳朵在田埂上舒舒服服地晒着太阳。

乔笛一路上了山，拐进小道，从崎岖陡峭的山路走向杰斯·泰勒的牧场。他已经看到牲口棚那高高的红色屋顶了，还听到了大屋附近的犬吠。

忽然，牲口棚里传来了一阵刺耳的嘶鸣声和木头断裂的声音。蕾栗猛地向后一顿，差点儿挣脱了缰绳，随后牲口棚里传出了一阵男人的叫嚷，乔笛连忙攥紧缰绳，试图控制住嘶鸣着立起前蹄的蕾栗。蕾栗龇牙咧嘴地冲向乔笛，他只好扔下缰绳，钻进树丛。牲口棚内又传来一阵嘶鸣声，蕾栗发声应和着。一阵凌乱的马蹄声过后，杰斯·泰勒的那匹种马出现了，它拖着被扯断的缰绳冲下来，眼中闪烁着狂热的红光，一身黑亮的毛发在阳光下更加油光水滑。它跑得飞快，一下子就冲到蕾栗身边。蕾栗抬起前蹄踢了它一脚，它一个转身，立起前蹄，扑向了蕾栗。蕾栗经此一扑，脚步不稳地踉跄了几步，于是它趁机用牙齿咬住了蕾栗的脖子，上面渗出了点点血迹。

蕾栗的态度顿时改变了。它轻轻地用嘴唇碰了碰黑种马的脖颈，姿态娇柔，又侧着身子与黑种马挨蹭肩部，媚态十足。乔笛站在树丛中观察着它们，忽然，他身后传来一阵马蹄声，还没等他转过身，就被人抓着裤子背带拎上了马。

杰斯把乔笛安置在自己身后。"你刚刚差点儿被踩死，幻日有时候凶狠得跟魔鬼一样，它刚刚是直接拽断了缰绳破门而出的。"

乔笛怔愣片刻，突然嚷了起来："它要把蕾栗咬死了，快点儿赶走它！"

"蕾栗不会出事的。"杰斯轻轻一笑，"你现在最好到屋子里待一会儿，吃块馅饼之类的。"

乔笛坚定地摇了摇头："它现在归我照顾，将来它的小马驹也由我照顾。"

"不错啊。"杰斯点了点头，"卡尔有时候办事挺有头脑。"

过了一会儿，危机便解除了。杰斯把乔笛放下马，牵起黑种马身上的断绳，骑马走在前边；乔笛则牵着蕾栗跟着他。乔笛把五美元交给他，又在他家里吃了两大块馅饼，才动身回家。蕾栗顺从地跟在乔笛身后，乔笛看它如此温驯，便找了个树墩踩着，骑上蕾栗的背，走完了后面的路程。

为了偿还父亲支付的五美元，乔笛整个春末和夏季都在忙着干活儿。收割干草的时候，他负责用耙子翻草；堆放干草的时候，他负责指引拉草叉的马；打捆机来的时候，他负责赶着马儿转圈把草压成捆。在乔笛学会挤奶之后，卡尔又分了一头奶牛让他照顾，于是他每天早晨和傍晚又多了一桩家务活儿。

蕾栗的脾性变得有些不一样了，它会在山坡上到处溜达，似乎在炫耀着什么；在做些轻松活计的时候，它会高昂着头颅，慢悠悠地做事情，庄重又娴雅，一副女王派头，就算是和其他马儿一起拉车，它也总是不紧不慢地平稳前进。乔笛每天都会去看看它，用审慎的目光仔细观察它的身体，可是他看不出什么变化。

一天下午，比利将粪叉靠在墙边，从帽檐上拿出一小节稻草叼在嘴里，不紧不慢地走出了牲口棚。乔笛正蹲在棚外帮"双树"挖田鼠，看到比利，他站起身子。

"跟我去看看蕾栗。"比利提议。

乔笛立刻跟上了比利。"双树"看着两人远去的身影，继续刨起土来，它发出短促的叫声，提醒人们快要挖到田鼠了。可是它转头一看，发现乔笛和比利都对此毫不关心，只好无奈地抛下土洞，跟着他们往山坡上走去。

在半山腰上，他们看见了蕾栗，它正在跟铁灰色的皮特一起啃食野燕麦的麦穗。看到乔笛和比利渐渐走近，蕾栗的耳朵向后压低，脑袋也晃动起来。比利走过去，把手探到蕾栗的鬃毛下边，轻轻地拍抚它的脖颈，直到它的耳朵又朝前摆动起来。蕾栗亲切地咬了咬比利的衬衫。

"你觉得它真的怀孕了吗？"乔笛问。

比利用手指翻看蕾栗的眼皮，又摸了摸它的下唇和黑色的乳头，说道："毫无疑问。"

"可是都三个月了，它的身体一点儿变化都没有。"

"我早就说过你会不耐烦的。"比利用指关节轻轻按摩着蕾栗平坦的前额，让它舒服得直哼哼，"再过五个月，你才能看出点儿迹象来；至少还要八个月，它才会生下小马驹，大概要等到明年一月份吧。"

"要这么久啊！"乔笛叹了一口气。

"要想骑马，你还得再等两年左右呢。"

"那时候我都长大了！"乔笛绝望地嚷嚷。

"是啊，再过两年你就'老'了。"

"小马驹会是什么颜色呢？"

"这个说不好。那匹种马是黑色的，蕾栗是栗色的，小马驹有可能是黑色、栗色或者灰色，也有可能是花斑马。这种事情说不准。有的时候，黑色母马还有可能生出白色马驹来呢。"

"我希望是一匹黑色的小公马。"

"如果是公马，就得把它骟了。你爸爸不会允许你养一匹种马的。"

"没准儿爸爸会同意呢？我可以训练它，让它的性子不那么蛮横。"乔笛说。

"种马很难驯服。"比利批评道，"它们总爱打架，总爱惹麻烦，不高兴了就不好好干活儿。它们总是弄得母马心神不宁，还会欺负骟马。你爸爸不会允许你养种马的。"

蕾栗小口咀嚼着泛黄的草叶，溜达着走远了。

乔笛摘了一束野燕麦，剥下麦粒，撒向天空。"母马是怎么分娩的呢？就和母牛生牛犊一样吗？"

"差不多吧。马比牛难伺候些，有时候得守在旁边给它助力；有时候出了岔子，就得……"比利顿住了。

"就得怎么样，比利？"

"就得把小马夹碎了取出来，否则，母马会没命的。"

"这回一定不会出岔子的，对不对，比利？"

"噢，当然不会，蕾栗已经产下好几匹健康的马驹了。"

"到时候我能不能守在它身边呢？比利，你肯定会把我叫上的，对吧？那是我的小马驹。"

"当然，我肯定会把你叫上。"

"跟我说说母马分娩的事情吧。"

"嗯，你已经见过母牛生牛犊了，过程差不多。当母马开始呻吟扭动时，就说明它要生产了。在顺产的情况下，小马驹的脑袋和前蹄会先露出来，它和小牛一样，会用自己的前蹄在胎膜上踢出一个洞，这样就可以正常呼吸了。如果遇到难产的情况，小马驹脑袋和蹄子的位置就不对，可能会后露出来，小马驹极有可能窒息而死。"

"所以我们最好在一旁守着它，对吗？"乔笛一边说着，一边用野燕麦抽打自己的小腿。

"是的，没错，我们得守着。"

两人慢慢走下山坡，往牲口棚去了。虽然乔笛并不想说这话，但这个问题使他心烦意乱。"比利，"他有些痛苦地问，"你绝对不会让小马驹出事，对吧？"

比利知道，眼前的小男孩想起了因马腺疫死去的小红马加碧兰。他很清楚，在那件事之前，自己是百分百可靠的，可是现在，他说的话已经不那么权威了。这让比利远不如从前那么笃定和自信了。"我不知道。"他粗声粗气地回答，"万事皆有可能，但不能将错误全都归结在我身上，我也不是万能的。"声誉受损让比利心里很难受，于是他草草解释道："我会尽力，但我不能做出保证。蕾栗是匹好母马，生过好几匹健康的马驹了，这次应该也不会出什么问题。"说完，他就抛下乔笛，走进牲口棚边上的马具室里。

乔笛经常到山艾丛玩儿。由于那里的山泉水不断渗入大地，所以草地一年四季都是翠绿色的，即便是在干燥炎热的夏季，群山都被烤成焦黄色的时候，也不曾改变。那是乔笛最喜欢的地方。无论是挨了惩罚责骂，还是心里有什么不愉快，只要来到这生锈的管子和长着青苔的圆木桶边，乔笛心中的烦恼就会烟消云散。

与可爱的圆木桶相反，棚屋边墨绿色的柏树则让乔笛退避三舍，因为所有的猪迟早都会被吊在那上面接受被屠宰的命运。虽然杀猪的场面令人好奇，可是乔笛看久了总会心跳加速，难过无比。每次猪被放进大铁锅里烫毛的时候，他都会跑到圆木桶边的绿草地上坐一会儿，才能平复心中的抑郁。

比利有些不快地离开后，乔笛也离开了牲口棚，不知不觉他就走到了柏树下，这实在有些糟糕，于是他加快步伐向山艾丛那里走去。一路上，他不断地想着蕾栗和它肚子里的小马驹。他眼前仿佛出现了一匹黑色马驹，正在用脑袋顶着蕾栗的腹部，讨要乳汁；接着是他自己在训练长大后的黑马驹戴笼头；片刻之后，马驹长成了一匹威风凛凛的骏马，它有着宽阔的胸膛和修长的脖颈，灵活的尾巴微微打着卷儿，如同燃烧着的黑色火焰。除了乔笛，人人都害怕这匹黑色的烈马。

乔笛的同学恳求他,想要骑一骑黑马,乔笛欣然同意了。可是,他们刚刚上马,就被这黑色的魔鬼甩了下来。对,这就是小马驹的名字,黑魔!乔笛的思绪短暂地回到了现实世界,不过,接下来……

黑夜,马蹄声哒哒响起。那些即将入睡的牧民经常听见这声音,他们说:"是乔笛,他又骑着黑魔去帮警长的忙啦。"接下来……

萨利纳斯的牛仔竞技场上,尘土飞扬。主持人宣布,套牛大赛马上就要开始了。乔笛骑着黑色的骏马刚走上赛场,其他参赛选手便个个垂头丧气,放弃了取胜的念头。人人都知道,谁都比不上骑着黑魔的乔笛。他们不再是一人一马,而是合二为一的勇者。再接下来……

总统亲自写信请乔笛帮忙抓捕一个华盛顿大盗……

乔笛舒舒服服地躺在草地上,沉浸在自己的世界中。

时间一点一滴地流逝,蕾栗看起来却毫无变化,乔笛的希望之火一次次熄灭又重燃。卡尔还在用蕾栗拉轻便的货车,干草入仓的时候,蕾栗还拉了耙子和草叉。

夏季过去了,接下来就到了秋季。风渐渐刮起来,空气里开始有了凉意,毒葛的藤蔓也开始变红。在九月份的一个早晨,乔笛吃过早餐,被母亲叫到了厨房里。只见母亲往桶里装了许多干麦麸,又倒入开水,然后把这些东西搅拌成一大桶热腾腾的糊状物。

"妈妈,您叫我来有什么事情?"乔笛问。

"你要好好记住我是怎么做的。以后,每隔两天早上搅拌一次。"

"好的,可是搅拌这个有什么用呢?"

"你不知道?这是给蕾栗吃的热饲料,能够让它保持健康强壮。"

"蕾栗没事吧？"乔笛怯怯地问。

"当然没事，只是从现在起，你要更加细心地照顾它了。好了，快把这份饲料拿去给蕾栗吃吧！"

乔笛拎起木桶，快速走了出去。他走到牲口棚时，发现蕾栗正在水槽边玩耍。它甩动着脑袋，把水从水槽里弄出来，溅到地上。乔笛把装着糊糊的木桶放在蕾栗面前，然后退开几步，认真端详起它来。蕾栗有变化了！它的腹部已经隆起。

蕾栗把嘴埋进热乎乎的饲料里吃了起来。它吃得狼吞虎咽，桶被它的鼻子推得不断向前移动。吃完之后，蕾栗走到乔笛身边，用脸颊蹭着他的脑袋。

比利从马具室走到乔笛面前说："时机一到，肚子很快就显现出来了，不是吗？"

"蕾栗的肚子是突然变大的吗？"

"噢，不是的，只是你很长时间没仔细观察它了。"比利引导着母马，"有些母马在怀孕之后脾气会变差，但蕾栗是个好脾气的母亲，你瞧它的眼神多柔和！一旦它展现出温柔的一面，无论是对人还是对其他动物，都会非常亲近。"蕾栗轻轻地用脖子蹭着比利的胳膊。

"这段时间你可要好好照顾它。"比利说。

"还要多久呢？"乔笛屏住了呼吸。

"三个月左右吧。"比利掐着手指算了一会儿，粗声粗气地说，"这也说不准，有时候是满打满算的十一个月，有时候会早半个月或者晚一个月，这都是正常现象。"

乔笛的两只眼睛盯着地面，紧张地问："比利，蕾栗分娩的时候，你会叫上我的，对不对？你会让我来守着它的，是不是？"

比利用门牙亲昵地咬了一下蕾栗的耳朵尖儿。"别担心，我会叫上你一起守着它的。让你从头学起是唯一的办法，因为别人无法替代你掌握这项技能。我年纪与你相仿的时候，我父亲负责替政府运货，有时他也让我搭把手。有一天，我放的鞍毡不平，导致马背磨出了疮，但他并未责骂我。第二天早上，他给我肩上扛了一个重达四十磅的马鞍，让我顶着烈日翻过一座山。那次经历差点儿没让我走断气，从那以后，我再也不敢在铺鞍毡时出错。尽管后来没有再铺过鞍毡，但那个四十磅的马鞍一直提醒着我要时刻保持谨慎和专注。"

乔笛抬起手，抚摸着蕾栗的鬃毛："你会把你所知道的一切都教给我，对不对？你似乎知道和马有关的一切事情，不是吗？"

"是啊。"比利放声大笑，"你知道吗，我自己就是半匹马。我打出生就没有母亲，我父亲又忙着干活儿，身边没有奶牛，所以我是喝马奶长大的。"他认真地说，"这一点，所有的马儿都很清楚，对不对，蕾栗？"

蕾栗转过头，久久地凝视着比利的眼睛。马几乎不会直视人的眼睛，蕾栗的凝视让比利颇为骄傲。他又有了自信，自夸道："我保证你会得到一匹好马驹，只要按照我说的去做，从小马驹还在母马肚子里时就好好地喂养它，你就能养出蒙特雷最好的马儿。"

听了比利的话，乔笛兴奋起来，变得得意扬扬。回屋的路上，他像一个牛仔那样弯着腿，摆着肩走路，嘴里还不停地吆喝着："吁，黑魔,停下,站稳!脚可别离了地。"

冬季很快就到了,几场突如其来的小雨之后,是连绵的大雨。那些黄色的土丘被雨水冲刷成了黑色,溪水湍急而汹涌地从山谷上涌下,草地上长满了各种各样的蘑菇。圣诞节前,新生的草叶也冒出了头。

今年的圣诞节对于乔笛来说没有以往那么重要,更重要的日子是明年一月份的某一天。每次一下雨,乔笛就会赶紧把蕾栗送到栏舍里去,每天早晨都给它喂一桶热腾腾的饲料,替它梳洗毛发。蕾栗的肚子越来越大,大得让乔笛有些害怕。

"它的肚子快要爆开了。"他对比利说。

"你摸摸这里。"比利用厚实有力的手掌抚摩着蕾栗高高隆起的肚皮,轻声说,"这里能感觉到马驹在动,要是蕾栗生下两匹马驹,恐怕你会惊讶得要命。"

"不会吧?"乔笛嚷嚷起来,"难道蕾栗怀了两匹小马驹吗?"

"不,不是的。不过,有时候这种事情的确会发生。"

次年一月份的前半个月,雨仍旧下个不停。乔笛不用去上学的时间,除了用来睡觉,都在忙着陪伴蕾栗。为了感受马驹的胎动,乔笛一天要摸蕾栗的肚子二十几次。蕾栗对待乔笛的态度越来越温柔,越来越友好,它会用鼻子亲昵地蹭着乔笛,还会在他走进牲口棚的时候发出低沉的嘶鸣声。

一天,卡尔跟着儿子一起到牲口棚去,他欣赏地看了看蕾栗那一身被精心打理过的栗色皮毛,又摸了摸蕾栗腹部和肩胛上结实有力的肌肉,然后转身对乔笛说:"你做得很好。"乔笛明白,这是父亲能够给出的最高评价了。为此，在那之后的好几个小时里，乔笛一直自豪地挺着胸膛。

到了一月十五日，蕾栗并没有生产；到了二十日，担忧像一个沉甸甸的瘤子压在乔笛的心上。"这是正常现象吗？"他问比利。

"噢，很正常。"

"你确定不会出什么事吗？"乔笛继续问道。

比利抚摩着蕾栗的脖颈说："我不是跟你说过了嘛，日子并不会那么准确。乔笛，我们能做的只有等待。"蕾栗有些不安地晃了晃脑袋。

可是，到了一月底，蕾栗仍然没有分娩。它的肚子那么大，连呼吸都变得比往常更加沉重，耳朵总是立得直直的，好像犯了头疼病。乔笛焦虑得都快疯了，晚上休息时，他睡得越来越不安稳，就连做的梦也是乱七八糟的。

二月二日晚上，他哭着从梦中醒来，母亲呼唤着他，说："乔笛，你刚刚做噩梦了，醒一会儿再睡吧。"

可是乔笛实在是太担忧了。他静静地躺了一会儿，等母亲回去睡觉之后，他就溜下床，穿好衣服，光着脚跑向了牲口棚。

伸手不见五指的黑夜里下着绵绵细雨，棚屋和柏树在雨中只有一个朦胧的轮廓，不断地显现又消失。当乔笛打开牲口棚的大门时，大门发出了刺耳的嘎吱声。他走到杂物架边，找到一盏提灯和一盒火柴，点亮灯芯后，他沿着长长的、覆盖着稻草的走道，一步步走向蕾栗所在的栏舍。蕾栗站在那里，烦躁不安地扭动着。乔笛柔声安慰着它："没事的，蕾栗，别紧张，蕾栗。"可是蕾栗不理他，依旧在那里扭动着身体。乔笛跨进栏舍，抚摩着蕾栗的肩胛，它的身体在他手下不断颤抖着。忽然，栏舍边上的干草堆里传来了比利的声音：

"乔笛，你在干什么呢？"

乔笛吓了一跳，转过身，看向躺在草垛子里的比利，眼中闪烁着忧愁的神色。"蕾栗它没什么事吧？"

"噢，当然啦，它好端端的。"

"你不会让它出事的，对不对？你有把握，是不是，比利？"

"我说过到时候会叫上你的！"比利低声朝乔笛吼着，"我不会说话不算数的，快点儿给我回去睡觉，别再打扰那匹母马了，它已经烦得够呛了。"

乔笛被吓得缩了缩身子，他从未听过比利用这样的语气说话。"我只是想来看一看它的情况怎么样了，"乔笛说，"我睡不着觉。"

"好了，回去睡吧。"比利的语气放柔和了一些，"不要打扰蕾栗休息啦。我都说了，你会得到一匹好马驹的，快去吧。"

乔笛慢吞吞地拖着脚步往外走。他真希望自己能够像小红马死去之前那样，对比利说的每一句话都深信不疑。他吹灭提灯，把灯放回架子上。走出牲口棚，乔笛被笼罩在夜晚的寒冷和黑暗中，眼前的道路很模糊，地面又湿又冷，光着脚踩在上面，一阵寒意涌上乔笛心头。乔笛路过柏树时，栖息在树上的野鸡惊慌地叫了起来，尽忠职守的"靓仔"和"双树"将乔笛误看成觅食的土狼，立刻从狗窝里冲出来，大声吠叫着试图把他吓跑。

乔笛蹑手蹑脚地穿过厨房往房间里走，却不慎绊倒了一把椅子。

父亲的责问从卧室传来："是谁在外面？想要做什么？"

接着传来的是母亲困倦的询问声："出什么事啦，卡尔？"

父亲拿着蜡烛走出卧室，和还没来得及溜上床的乔笛撞个正着："你在外边干什么呢？"

乔笛怯生生地转开脸，坦白道："我去看蕾栗了。"

被吵醒的恼怒情绪和对儿子的赞许之情在卡尔心中交战。经过一番思考，他最终选择了第三种说法："我说过了，关于马的事情，这一带没有谁比比利更加在行，你就放心把这事儿交给他吧。"

乔笛忍不住脱口而出："可是，小红马的死……"

"那本来就不是比利的错。"卡尔的口气骤然严厉起来，"要是连比利都说没救了，那马就是没救了。"

提弗林太太高声喊道："卡尔！让他去洗洗脚，快点儿睡觉，要不他明天一整天都会打瞌睡的！"

乔笛觉得自己才刚刚闭上眼睛，就被人用力地摇醒了。摇动他肩膀的人正是比利，他站在乔笛床边，手里拿着一盏提灯。"快醒醒，快起床跟我来！"他说完后就转过身，急急忙忙地往外走去。

"发生什么事了？"提弗林太太在卧室里高声询问，"比利，是你吗？"

"是的，夫人。"

"是蕾栗要分娩了吗？"

"没错，夫人。"

"好，我这就起来烧些热水。"

乔笛从床上跳起来,飞快地穿好衣服。他从后门匆匆忙忙跑出去的时候,比利才走出去不远。山顶边缘已经隐约显出一丝光明,但光线尚未照亮谷地。乔笛追着比利一路狂奔,与他同时到达牲口棚。比利把提灯挂在栏舍旁边的钉子上,脱下蓝色牛仔外套,只穿着一件背心。

蕾栗僵直地站在那里。忽然,它弯下膝盖,拱起脖颈,全身痉挛起来。随后便缓和了一些,但没几分钟,又迎来了下一阵痉挛。

比利紧张地喃喃自语:"有什么事情不对劲。"他直接把手伸进了产道。"噢,我的天哪,"他说,"大事不妙了。"

蕾栗再次痉挛起来。这一次,比利使劲推转着蕾栗腹中的小马驹。他用尽全力,满头大汗,手臂和肩膀的肌肉都鼓了起来。蕾栗疼得大叫起来,比利还在喃喃自语:"大事不妙了,转不过去。胎位不对,完全反过来了。"

比利胡乱地瞪着眼睛,瞧了旁边的乔笛一眼。接着,他仔细地给蕾栗做了一番检查。他的面色越来越凝重,就连面部肌肉也绷紧了。他举棋不定地看着身边的小男孩,看了整整一分钟。然后,比利走到窗边,用湿漉漉的右手从窗边架子上抄起一把平日里用来钉马掌的铁锤。

"乔笛,你到外面去吧。"比利说。

乔笛一动不动,呆若木鸡地望着他。

"你听到没有?快点儿到外面去,否则就来不及了!"

乔笛依旧一动不动地站在那里。

比利只能快步走到蕾栗的脑袋旁,吼了起来:"至少把脸转过去,快点儿把脸转过去!"

这次，乔笛听从了比利的吩咐，别开了脸。他听到比利嘶哑着声音，低沉地说了句什么，紧接着是一声骨头碎裂时的脆响，以及蕾栗发出的痛苦嘶鸣。乔笛转过头，正好看见比利高高举起铁锤再一次砸在蕾栗的额头上。

蕾栗侧身摔倒在地，抽搐起来。比利拿起一把大刀，划开了蕾栗的腹部。其他马儿都不顾笼头的束缚，扬起两个前蹄，发出长长的嘶叫。

比利扔下大刀，将双臂伸进那个可怖的、坑坑洼洼的切口，从里面拽出胎膜，接着他用牙齿在胎膜上咬开一个口子，里面露出了一个黑色的小脑袋，顶着两只漂亮的、湿漉漉的小耳朵。小马驹吸了一口气，又吸了一口气，大口地呼吸起来。比利剥掉小马驹身上的胎膜，用刀切断脐带。他把黑色的小马驹抱在怀里端详片刻之后，将它稳稳地放在乔笛身边的稻草上。

比利的脸上、胳膊上和胸脯上都在滴血，他浑身发抖，咬紧的牙关发出"咯咯"的响声。比利的声音嘶哑极了，他对乔笛说："这是你的马驹，我向你承诺过的。我只能这么做了——只能这么做了。"他顿了顿，回头向栏舍里面望去。"去拿热水和海绵来。你得帮它清洗、擦干，然后亲手给它喂奶，就像它的妈妈那样照顾它。"

乔笛呆呆地站在那里，凝视着面前喘着气、湿漉漉的黑色小马驹。小马驹微微扬起下巴，努力抬起头，流露出茫然的神情。它的眼睛是一片深蓝色，浓郁得仿佛无法化开。

比利吼了起来："你还不去拿热水？你到底去不去？"

乔笛转过身，朝牲口棚外的晨曦奔去。他的双腿是如此僵硬，如此沉重，喉头的酸楚和刺痛一直延伸到了胸口。他得到他的小马驹了，他本应该为此感到高兴，可是比利那沾着鲜血的面容，以及痛苦而疲惫的眼睛，久久萦绕在他的脑海中，挥之不去。

乔笛差点儿被脚下的小石头绊倒，等他站定以后，又继续向前跑去。他的眼前逐渐模糊起来，当脸上传来一阵温热时，眼前又清晰了一些。他从未想过要得到小马驹就必须放弃蕾栗这件事，也从没想过那个承诺会以这样的方式实现。

当乔笛跑回家时，提弗林太太正在搅拌着一桶热饲料。她听到乔笛的脚步声，头也没抬便问："热水已经烧好了，蕾栗生了吗？"

乔笛没有回答，他的嗓子就像被什么东西堵住了。提弗林太太抬头看到乔笛的表情，便停止了搅拌，她走到乔笛面前，抱住了他。

乔笛用沙哑的声音说："我害了蕾栗。蕾栗难产，现在小马驹活了下来，可蕾栗活不成了。"

提弗林太太大概已经猜到发生了什么，那桶热饲料用不上了。她摸着乔笛的头说："我的孩子，至少现在小马驹是活着的。意外是没办法预料的，在难产的情况下，只能在蕾栗和小马驹之间做选择。如果再晚一些，它们就都活不了了。快去照顾小马驹吧！蕾栗的孩子需要你的照顾。"

乔笛听到母亲的话，立刻离开她的怀抱，擦了擦眼角，提着一桶热水再次向牲口棚跑去。朝阳在天空中冉冉升起，乔笛的影子渐渐变高了。

第四章 首领

周六下午，比利用耙子拢好去年剩下的干草，又一点一点地叉起它们，扬入围栏之中。

围栏里的几头牛对这些东西兴致索然。三月的和风吹拂着蓝天上丝丝缕缕的白云，把它们赶向东方。山顶的树丛被风吹得沙沙作响，可山谷里的牧场却没有一丝凉风。

乔笛啃着一片厚厚的黄油面包走出屋子，看到忙着叉干草的比利，乔笛走了过去。尽管大人曾经叮嘱过他不要拖着鞋跟走路，这样很容易把好好的鞋子拖坏，但乔笛依旧我行我素。

乔笛经过棚屋边的柏树时，惊起了一群白鸽。它们绕着墨绿色的柏树飞了一圈，又回到树上。一只半大的玳瑁色小猫从棚屋的门廊里跳出来，穿过大路溜了一圈，又扭转身子跑了回来。乔笛捡起一块石子，打算给它增加些难度，却晚了一步。石子还未离手，小猫就已经钻到门廊底下，不见踪影了。乔笛甩手扔出石子，正巧砸在柏树上，弄得那群可怜的白鸽又绕着树飞了一圈。

乔笛走到快叉完的干草堆边,问道:"只剩这些了吗?"

正在认真耙草的比利停下手,把草叉插在地上,摘下黑色的牛仔帽,理了理脑门上的头发。"剩下的都受潮啦。"说完,他又戴上帽子,搓了搓那双又粗糙又干燥的大手。

"大概有很多老鼠在里面。"乔笛说。

"全是老鼠,"比利说,"爬得满地都是。"

"嗯,那等你干完活儿,或许可以让我把狗唤来,抓抓老鼠?"

"行,可以。"比利说着,从地上叉起一些湿草,扬到空中,三只老鼠立刻从里面掉了出来,又慌慌张张地蹿回干草堆里。

因为这些油光水滑的嚣张鼠辈马上就要完蛋了,所以乔笛发出了一声满意的叹息。八个月来,它们在干草堆里休养生息,繁衍了一窝又一窝的小老鼠。在干草堆的保护下,猫没法儿抓到它们;乔笛也没法儿下药和放老鼠夹。可是现在,它们的快活日子到头了,这些老鼠休想再见到明天的太阳。

比利抬头望了望环绕着牧场的山峦,随后对乔笛说:"我觉得你最好先征求一下你爸爸的意见,再把狗唤过来。"

"好呀,他现在在哪儿?我马上就去问他。"

"他吃完早餐后骑着马到山上去了,一会儿就会回来。"

"爸爸应该不会在意这种事。"乔笛说着,懒洋洋地靠在围栏上。

"反正你最好先征求他的意见。"比利警告着,继续干活儿,"你爸是什么脾气,你自己心里有数。"

乔笛心里当然有数。在牧场里，无论大事小事，都得先征得父亲的同意才能进行。乔笛从围栏上滑下来，一下子坐到地上，抬头仰望着天空中如同烟雾般的云彩。他问："比利，待会儿会不会下雨？"

"有可能。这风预示着会下雨，但风势还不是很大。"

"嗯，希望这场雨能在我除掉那群该死的老鼠之后再下。"乔笛扭过头偷偷观察比利是否注意到自己刚才脱口而出的粗话，但比利只是默默地干活儿，一声也没吭。乔笛转过头，将目光投向了另一边的山丘。那里的山路通往外面的世界，明朗的阳光洒在山丘上，投下一片淡淡的光辉。山艾丛里，银色的蓟花、蓝色的羽扇豆花和红色的虞美人正在盛放。

"双树"正在山坡上刨田鼠洞。它用力地刨了一阵子，然后停下来，将那些刨出来的泥土从后腿间踢出去，又认真地刨了起来。从来没有哪一只狗能靠刨洞抓住田鼠，可它劲头十足，似乎并不明白这一点。

突然，"双树"直起身子，退了两步，抬头凝望着通往山上的路口。乔笛也随着它的目光朝路口望去。没过多久，父亲骑着马的身影就出现在了那里。父亲从山路上下来，径直往屋子里去了，他手里还抓着个白色的东西。

"一封信！"乔笛兴高采烈地嚷了起来，他拔腿朝屋子跑去。父亲和母亲有可能会把信里的内容念出来，他可不想错过这件事。乔笛比父亲早一步跨进屋子，他听到屋外的马鞍嘎吱作响，父亲应该才刚刚下马。一般他下马后会在马身上拍一下，示意马自己回牲口棚去。比利会等在那里，给马下鞍，洗刷毛发。

"有一封信寄到我们家啦！"跑进厨房的乔笛欢喜地嚷嚷着。

"信在哪里？"正在煮豆子的母亲转过头问。

"在爸爸那里，我看到他拿着信呢。"

这个时候，卡尔正好大步流星地走进厨房，于是提弗林太太问道："卡尔，是谁写来的信？"

卡尔立刻皱起眉头。"你怎么知道有信来了？"

提弗林太太朝着乔笛的方向抬了抬下巴说："是'了不起'的乔笛告诉我的。"不知怎的，这句话让乔笛心里有些不安。

卡尔不满地瞪了乔笛一眼说："他可真是'了不起'啊！自己的事情，一点儿也不上心；别人的事情，他都要插上一脚。"

见到儿子被指责，提弗林太太有些心疼，便说："好啦，他闲着也是闲着。是谁写来的信？"

卡尔依然皱着眉头看着乔笛。"他最好小心点儿，不然我会让他有处理不完的事情。"他一边说着，一边把尚未拆封的信递到提弗林太太手里，"好像是你父亲写来的。"

提弗林太太从头上取下一枚发夹，将信封划开。她的表情凝重，连嘴唇都抿了起来，眼珠快速地来回转动着，草草看完了信。"我父亲说，"她转述着信上的内容，"他打算周六出发，到这里来小住几天。哎呀！今天不就是周六吗？这信肯定是在路上耽搁了。"她又看了一眼邮戳，"这是前天寄出的，昨天就该寄到了。"她抬起头，看到丈夫为难的神情，气得立刻沉下了脸，"你对着我摆脸色是什么意思？我父亲又不经常来这儿。"

卡尔避开妻子愤怒的眼神，转过了脸。大多数时候，在妻子面前，卡尔都是说一不二的；但是在某些情况下，妻子的脾气一上来，就连卡尔也难以招架。

"你这是什么意思？"提弗林太太刨根问底。

卡尔有些无力地辩解起来，语气里带着些许歉意："我不喜欢和他说话，他老是说个不停。"

"说话怎么了？你难道不说话吗？"

"我肯定也说话……可是你父亲总是翻来覆去地说着同一件事情。"

"印第安人！"乔笛激动地插了嘴，"还有穿过大平原！"

卡尔转而对乔笛发起了脾气："你到外面去吧，'了不起'先生！给我出去，马上到外面去！"

于是，乔笛可怜兮兮、垂头丧气地从后门走出去，小心地关上了纱门。在他路过厨房窗子的时候，窗子下一块奇形怪状的石头吸引了他的注意。乔笛蹲下身，捡起那块石头，翻来覆去地把玩起来。

厨房的窗户没有关，乔笛可以清清楚楚地听到里面传来的对话声，父亲的声音清晰可辨："乔笛说的话一点儿也没错，你父亲总是说印第安人和穿过大平原的那点儿事情。那个击退马队的故事，我大概听了有一千次了！他总是没完没了地说这件事，连词儿都不换一下。"

母亲开口时，语气变得无比温和、柔情似水，连窗外的乔笛都惊奇地抬起了脑袋，想必母亲这个时候的表情也是极为善解人意的："你想一想，卡尔，这是我父亲一生的壮举。他带领车队穿过了大平原，来到了西海岸；可是，这段西进的壮举稍纵即逝，就这么结束了。他好像从生下来就是为了完成这唯一的一件事,打那以后,他就无所事事,只能靠回忆度日。他曾告诉我,如果还能接着西进,他会继续走下去。可是,道路的尽头是大海,因此他只好停下脚步,在那里住了下来。"

母亲的语调似乎触动了父亲的心。他轻轻说:"我见过他站在海边,向着西方眺望。"忽然,他的声音又变得尖锐了,"可是接着,他又到市里的俱乐部去,向别人讲述印第安人的故事了。"

"唉——那些回忆是他生命的全部呀!"母亲试图再一次触动父亲,"你就忍耐一下,假装认真倾听就好了。"

父亲有些不耐烦地转过身,烦躁地说:"行吧,如果实在忍耐不下去了,我至少还可以到棚屋去,跟比利待在一块儿。"说着,父亲走出屋子,甩上了大门。

乔笛赶紧跑去干家务活儿。他喂了鸡,捡了鸡蛋,没有再像往日那般追着小鸡嬉闹;接着,他抱着两捆柴火跑进屋里,仔仔细细地码放着,直到将筐子装得满满当当。

这个时候,母亲已经煮好了豆子。她捅了捅柴火,清扫了炉灶。乔笛小心翼翼地看了母亲一眼,想要确认她是不是还在生气。"外公今天就要过来了吗?"他谨慎地问。

"信上是这么说的。"

"我是不是应该到大路上去迎接他?"

"去吧,"母亲"哐当"一声盖上了炉盖,"有人去迎接他,没准儿他会很高兴。"

"那我现在就去啦。"

乔笛走到屋外，冲着两只狗吹了声口哨："走，上山去。"两只狗听从他的命令，摇着尾巴向山坡跑去。乔笛从路旁扯下几根鼠尾草揉搓，弄得空气里满是浓烈的香气。两只狗才爬上山坡，就追着一只兔子狂吠着跑了下来，再也没有回来。它们没有抓到野兔，便径直回家去了。

乔笛继续往山上走，他来到通往远方的大路上。午后的微风吹皱了他的衣服，弄乱了他的头发。乔笛望着下方的山岭和土丘，以及远处广阔苍翠的萨利纳斯谷地，他甚至可以看见那里的白色城镇，还有夕阳照在玻璃窗户上的闪光。

乔笛顺着山路望去，看见一辆缓缓驶来的马车。马车拐了个弯儿，消失在山丘后边。

那绝不是外公的马车，于是乔笛席地而坐，目不转睛地盯着下一辆马车将会出现的位置。山顶的风吹得正急，赶着云团往东边飘去。

又一辆马车出现了，一个身穿黑衣的马车夫从车座上跳下来，走到马儿跟前。虽然还隔着很远的距离，但是乔笛知道，他肯定松开了马缰绳，因为马儿的脑袋垂得很低。马儿又开始前进了，马车夫跟在它旁边缓缓走上山坡。乔笛欢呼一声，跑下山，迎了上去。

乔笛试图让每一步都精准地落在自己的影子中央，可一块小石子把他绊倒，阻止了他的计划。那个马车夫就是外公，外公就在前面不远处。乔笛赶紧爬起身来，收敛了调皮的姿态，顺着山道拐了一个弯儿，端正矜持地走上前去。

马儿步履蹒跚地走上山坡，外公就在它身边。在夕阳的余晖中，巨大的黑影在他们身后晃荡。外公穿着一身黑绒面呢子西装，打着黑领结，手里拿着黑色宽边软帽，脚上穿着一双小山羊皮中筒靴。他留着短而整齐的白胡子，两道白眉毛犹如八字胡般挂在眼皮上，蓝眼睛里闪烁着坚毅的光芒。他的一举一动是那么的真实而又超凡，神情和身姿如同大理石般刚强，仿佛他一旦静止，便会化为永恒的岩石。他的步伐虽然缓慢，但每一步都踏得无比坚定，一旦认准了方向，便会一往无前，永不退缩。

老人朝着外孙慢悠悠地挥舞着帽子，大声说："哎哟，乔笛！你来接我？"

"是啊，外公。"乔笛说，"我们今天才收到信呢。"他凑到老人身边，挺直身板，把步调调整得跟外公一致，朝前走去。

"信昨天就该到了。"老人说，"家里一切都好吗？"

"一切都很好，外公。"乔笛犹豫片刻，有些羞怯地问，"明天您能和我一块儿去打老鼠吗？"

"打老鼠？"外公笑了起来，"你们这一代人已经落魄到靠猎杀老鼠来谋生了？现在的孩子的确不像我们小时候那样强悍勇猛，可我真是想不到，现在连老鼠也成为捕猎对象了。"

"不是的，外公，是打着玩儿的。干草堆见了底，里面有许多老鼠，我想把它们赶出来让狗去捉。您可以在旁边看着，或者拍打几下干草。"

"噢，原来不是打来吃啊。"老人垂下那双坚毅且明朗的眸子，看着他的外孙，"我就知道，你们不至于落到这步田地。"

"狗会吃掉老鼠。"乔笛解释着，"不过，这肯定跟伏击印第安人不一样。"

"嗯,的确很不一样——不过到了后来,军队烧毁他们的帐篷,抓走他们的儿童,这样的行为对印第安人来说,和你对付老鼠也没有太大的区别。"

祖孙俩翻过山顶,走向牧场。

"你的个子长高了呢!"老人说,"高了大概有一英寸吧?"

"不止呢!"乔笛自豪地挺起胸膛,"从门上做的记号看,自去年感恩节以来,我长高了一英寸多呢。"

"也许是因为你喝了过多的水,就像玉米秆吸饱了水。"老人用低沉浑厚的嗓音说着,"等到抽穗的时候,我们再来瞧瞧。"

乔笛飞快地瞟了外公一眼,老人的脸上并没有促狭的神色,那双蓝眼睛里也没有训斥人的高傲,于是乔笛放下心来。他提出:"我们可以杀一头猪。"

"噢,那可不行!怎么能让你们杀猪呢?你一定是在跟我开玩笑,你应该知道现在可不是杀猪的时候。"

"外公,您还记得大公猪莱里吗?"

"记得,我记得清清楚楚。"

"它在草堆里拱出了一个洞,之前那个干草堆很高,然后,草堆塌了,把它埋在下面闷死了。"

"猪一有机会,就会去拱洞。"老人说。

"莱里是一头挺不错的公猪。有时候我去骑它,它也随我折腾。"

乔笛听到家里的门关上的声音,于是他向山坡下看去。母亲已经站在门廊处了,她挥舞着围裙,对外公表示欢迎;父亲正从牲口棚走向屋子准备迎接外公。

太阳已经完全落山了,家中的烟囱冒出袅袅青烟,在泛着深紫色的谷地和牧场之间缭绕。那些蓬松的云团被风轻轻吹散,懒洋洋地在天空的一角蜷缩着。

比利从棚屋里走出来,泼掉脸盆里的肥皂水,匆匆忙忙地走向屋子。为了表示对外公的尊敬,他提前刮了胡子。外公夸奖比利是新一代人中为数不多的没有变得软弱胆小的好孩子之一。虽然比利已经人到中年,却还是被外公当成孩子看待。

祖孙俩抵达时,提弗林夫妇和比利已经在院门前站好了。

"您好,岳父,我们一直等着您呢。"卡尔问候道。

提弗林太太吻了吻老人的脸颊,老人用大手轻柔地拍了拍女儿的肩膀。

比利咧着嘴郑重地与老人握手:"我去给您拴马。"随后他牵着老人的马离开了。

"比利是个好孩子。"老人看着比利走远之后,转过身来,又老调重弹起来:"我认识他爸——'骡子尾'巴克。我一直不明白,大伙儿为什么要管他叫'骡子尾',他只是在用骡子运货而已。"

提弗林太太把老人迎进屋子里,"您打算在这里待多长时间,爸爸?我看您信上没有提到这件事。"

"嗯,我也没想好,大概两周吧。不过,我从来不会按照计划去过日子,也许我会提前走。"

很快，大家都在餐桌边坐好了。老人把牛排切成小块，缓慢地吃着。"我太饿了。"他说，"赶路令我胃口很好，就像西进的时候一样。那时每次吃饭，我们都饿得等不及肉煮熟，我能一次吃下五磅左右的野牛肉。"

"赶路的确令人胃口大开。"比利说，"我父亲曾替政府赶牲口，我小时候经常给他帮忙，我们两个人一顿晚饭就能吃掉一条鹿腿。"

"我认识你爸。"老人说，"他是个好人，大家都叫他'骡子尾'巴克，我不明白为什么，他只是在用骡子运货而已。"

"是的。"比利赞同道，"他只是赶赶骡子、运运货而已。"

老人放下刀叉，环顾四周。"我记得，有一次我们吃光了所有的肉……"他说话的声音变得奇异而低沉，就像是在吟唱一样，这是他说故事时的惯用语调。

"那是个鸟不拉屎的地方，连土狼都打不到一只。这个时候，首领就得担心啦。当时的首领就是我，我时刻都在保持警惕，你知道那是为什么吗？因为车队里一旦有人饿得受不了，就会对车队里的牛动手。多么难以置信啊！我听说有车队吃光了所有拉车的牛。他们先从车队中间的牛开始杀起，然后杀掉走在前后左右的牛，领头的长角牛和驾辕的短角牛都未能幸免，最后所有的牛都被吃了，就没牛拉车了，车队的首领就是要预防这种事发生。"

一只大飞蛾不知怎的，钻进了屋子，绕着煤油吊灯不停地转悠。比利站起身，想试着拍死它，但那只蛾子却飞走了。这时，卡尔伸出一只手，一把兜住那只蛾子，把它给捏死了，然后走到窗边，把死蛾子扔了出去。

"就像我刚才说的……"老人接着往下叙述。

"您再吃点儿牛排吧,我们已经准备吃布丁了。"卡尔打断了老人的话。

乔笛捕捉到,有一团怒火在母亲的眼中闪过。

外公面不改色地拿起刀叉后说:"的确,我饿极了,待会儿我再给你们讲这个故事。"

晚饭后,提弗林一家人和比利离开了餐厅,坐到了客厅的壁炉边。尽管乔笛早就知道外公接下来会说什么或做什么,但他还是充满期待地看着外公。外公微微向前探头,面容平静,眼睛一直盯着眼前的火炉,双手交叉放在膝盖上,那恍惚的样子仿佛陷入了回忆中。

"有些事情我忘记了。"外公开了口,"我有没有跟你们提过,那群做贼的派尤特人①偷走我们三十五匹马的故事?"

"提过许多次了。"卡尔躲开了妻子愤怒的目光,毫不留情地说道。当他感受到妻子目光中喷射出的怒火时,连忙话锋一转:"当然了,我很愿意再听一次。"

外公局促地望着炉火,反复交叉着自己的手指。乔笛很能够理解外公此时此刻的复杂情绪,他迫切地希望有人能倾听他的过去,但孩子们并不想听那些事,而自己也找不到其他的话题融入孩子们的世界。乔笛觉得,反正今天下午他已经被挖苦成"了不起"先生了,那么,晚上就再当一次"了不起"先生也没关系,让他给外公当一回英雄吧。

---

①北美印第安人的一支。

他对外公说:"您给我讲讲印第安人的故事吧,行吗?"

外公的目光重新变得坚毅而明朗:"我就知道你们爱听印第安人的故事,让我想一想。嗯,我有没有提过,我想要让车队里的每一辆马车都拉一块铁板的故事?"

屋子里鸦雀无声,只有乔笛说:"没有,您没有提过。"

"那我就给你讲一讲吧。每次被印第安人袭击的时候,我们就会把马车聚集起来,围成一个巨大的圆环,从车轮中间开枪防守。当时我觉得,要是能够让每辆马车都拉一块长长的、带着射击孔的铁板,就可以在遇到袭击的时候,用铁板将敌人的子弹挡在车轮外面,保护里圈的人了。虽然铁板会增加载重量,但这能保住大家的性命,用体力换取性命,这样做很值得,可是大家不愿意这么做。当然啦,这也不怪他们,以前的车队没有这样做的先例,他们没办法理解为什么要大费周章地拉着厚重的铁板减缓前进速度。不过后来,他们的确后悔了。"

在听故事的时候,乔笛转头看了看父母和比利。母亲的目光有些呆滞,显然她并没有在认真地听,父亲在忙着挑大拇指上的老茧,比利正盯着一只在墙上爬行的蜘蛛。

外公絮絮叨叨地说着,在说到战斗情节时语速骤然加快,在说到受伤情节时语调黯然神伤,在说到被埋葬在大平原上的死者时,他的语气又变得沉痛异常,宛如在低吟哀歌。乔笛对他嘴里接下来会吐出的每一个词,都了如指掌。乔笛望着外公,他那双坚毅的蓝眼睛里并没有多少情感的波动,外公只是安静地坐在那里叙述,似乎这个故事与他并无关系。

故事讲完了,大家对老人最后的停顿致以礼貌的敬意。

比利站起来,伸了个懒腰,说:"我想,我应该去睡啦。"他又转过脸对老人说:"我那里有一管旧式牛角火药筒和一把火帽转轮手枪,不知道我有没有给您看过?"

老人慢吞吞地点点头:"我记得你拿给我看过。回忆起来,我带队西进的时候,也有一把手枪……"比利静静地站在那里,等着老人把这个小故事说完。

卡尔试图转移话题:"从蒙特雷到这儿,一路上的气候怎么样啊?我听说挺干旱的。"

"是啊,干旱。"外公说,"拉古纳塞卡牧场一点儿水都没有。不过,跟1887年比,还差得远呢,那时候这一带干燥得像个火药桶似的;还有1861年,我记得那年连土狼都饿死了,今年降水有十五英寸呢。"

"是啊,可是今年的雨下得太早了。我们的牧场现在很需要再下一点儿雨。"卡尔把目光转向乔笛,"你是不是应该上床睡觉去了?"

乔笛顺从地站起身说:"明天我能不能去杀干草堆里的老鼠,爸爸?"

"老鼠?噢!当然,把它们全都杀了吧。比利说剩下的草都用不了了。"

乔笛开心极了,他悄悄和外公对视了一眼。随后,乔笛礼貌地对外公道了晚安,回屋睡觉去了。

乔笛躺在床上,想着印第安人和野牛。那个时代,那个世界,是如此的不可思议,但这些事情全都随着时间逝去了。乔笛希望自己能够生活在那样一个英雄时代，但是他心里很清楚，自己并没有足够的实力成为英雄。也许，在现在这些人中，除了比利，谁也不具备完成当年那些丰功伟业的能力。当年的那些开荒者，是顶天立地的巨人，他们勇敢无畏，坚强不屈，这样的人如今已经消失了。在乔笛的想象中，外公骑着高大的白马，引领着西进的车队，在广阔的平原上前行着。庞大的车队如同蜈蚣一样在平原的每个角落上行走，直到时间如风沙般掠过，车队便不见了踪影。

乔笛想着想着，就这么睡着了。

离三角铁响起的时间还有半个小时，乔笛就起床了。他路过厨房的时候，母亲正在烧火。

"你怎么这么早就起来了？要到什么地方去？"提弗林太太看到乔笛后问。

"去找一根趁手的棍子，今天我们要杀老鼠。"

"'我们'指的是谁呀？"

"我和外公呀。"

"原来你拉上了外公。你就喜欢拉着别人跟你一起做事情，生怕一个人挨骂。"

"我想在吃早餐前把东西预备好。放心吧，妈妈，我很快就会回来。"乔笛边说边往外走，出门前还不忘带上了身后的纱门。

屋外的空气凉爽而清新，天空是蔚蓝色的，鸟雀沐浴在晨曦之中，嬉闹雀跃。牧场里的四只猫从山坡上蹿下来，它们已经捉了整整一晚上老鼠，肚子里装满了鼠肉。可是，它们还是围在后门外边嗷嗷叫着，讨要牛奶。乔笛来到了垃圾堆边，挑了一根旧扫帚柄和一块碎木片，用鞋带把它们绑在一起，给自己做了一个打鼠武器。他转过身，往干草堆所在的位置走去，想要巡视一下猫抓老鼠的战场。

比利坐在后门台阶上耐心地观察了乔笛很久，他冲着乔笛喊："回来吧，马上就要吃早餐了。"

于是乔笛走了回来，他把自己的武器放在台阶上，对比利说："这是用来赶老鼠的，我估计它们现在还安逸地躺在草堆里吃东西，完全不知道今天将会遭遇什么。"

"是啊，我们也不知道今天将会遭遇什么，没有人知道。"比利忽然说了一句充满哲理的话。

这句充满哲思的话震住了乔笛，事实的确如此，他的注意力一下子从老鼠的事情上转移了。这时候，提弗林太太走出来，敲起了三角铁。乔笛所有的思绪都崩塌了，乱糟糟地搅和成了一团糨糊。

大家在餐桌边落座的时候，唯独不见提弗林太太的父亲。比利用下巴点了点空着的座位，问道："您父亲还好吗？他没有生病吧？"

"他要穿戴整齐，得多花些时间拾掇。"提弗林太太解释道，"他得修剪胡子、擦鞋和刷衣服呢。"

卡尔在玉米粥里撒了些糖，有些调侃地说："领着车队穿过大平原的人，的确要穿得体面一些。"

"卡尔！别这样！"提弗林太太愤怒地转过身，对着丈夫说，"请你不要再这样了！"她的口气听起来更像是命令而不是请求，但这一举动激怒了卡尔。

"我得听多少次铁板的故事?还有那个三十五匹马的故事?那个时代已经终结了!既然已经终结了,他为什么老是念念不忘,偏要一遍又一遍地说呢?"卡尔越说越气,嗓门越来越高,"是啊!他的确穿过了大平原。可是西进已经结束了,没有人想一遍又一遍地听那些陈年往事。"

正在这时,厨房外传来一阵轻轻地掩门声。所有人都僵住了,卡尔放下喝粥的勺子,用手摩挲着下巴。

没过多久,厨房的门再次打开了。老人带着一脸僵硬的笑容走了进来,眼神也有些闪烁。"早上好。"他说着,走到餐桌旁正襟危坐,随后盯着眼前的粥碗。

"您……您听见了?"卡尔忍不住问道。

老人微不可察地点了点头。

"我不知道自己是发了什么疯,岳父,我不是故意那么说的,就是想开开玩笑。"

卡尔的举动着实震惊了所有人,提弗林太太正屏着呼吸看着卡尔,就连乔笛也替父亲感到羞愧。对于卡尔来说,收回自己说出的话是一件非常难堪的事情,尤其是被当事人听到后,再羞愧地收回自己说出的话,简直是难堪得不能再难堪了。他正当着大家的面把自己的尊严撕得粉碎。

"我没有生气。"老人侧过头,温和地说,"我是在纠正自己的心态。你说得有道理,没关系,以后我会注意的。"

"我是在胡言乱语。"卡尔说,"我应该是还没有睡醒,脑子有些不清醒。我对自己说的话感到很抱歉。"

"卡尔,你不需要道歉。人老了就是容易犯糊涂。你说得有道理。西进结束了,已经结束了的事情是该抛到脑后。"

"我吃饱了,要去干活儿了。您慢慢吃。"卡尔站起身,离开餐桌。比利也囫囵吞下几口早餐,离开了餐桌。

乔笛怯怯地问外公:"您不愿再给我讲那些故事了吗?"

"啊,我愿意的,只不过……我以后只能在确定有人愿意听的时候讲了。"

"我很想听,外公。"

"是啊,你是个小孩子。那些艰难困苦的往事,现在只有小家伙喜欢听了。"

乔笛站了起来说:"外公,我在外面等您。我弄来了一根趁手的棍子,可以用它来赶老鼠。"

乔笛在门外等待着,终于,外公走出屋子,在门廊前站定。

"咱们杀老鼠去吧,外公!"乔笛叫了起来。

"我想要坐在这里晒晒太阳,乔笛。你自己去吧。"

"如果您想用这根棍子,我可以给您。"

"不用了,我就在这里坐一会儿。"

乔笛怏怏不乐地转过身独自走向干草堆。他试图通过想象那些好吃懒做的肥老鼠,用武器敲打地面,来调动自己灭鼠的积极性。在他身边,"靓仔"和"双树"呜呜叫唤,不断起哄。可是,乔笛不能就这么离开,在他身后,屋子的门廊前坐着他的外公,此时此刻,外公看起来又黑又瘦,又矮又小。

乔笛走到老人脚边的台阶上，坐了下来。

"这就回来了？老鼠已经杀完了？"

"没有，外公。那些事可以改天做。"

早晨，苍蝇嗡嗡地四处乱飞，蚂蚁在地上匆忙地搜集食物。山艾浓郁的甜香从山坡上飘下来，门廊上的地板被太阳晒得温暖又干燥。乔笛盯着山坡，险些没有发觉外公说起了话。

"我现在有些沮丧，我觉得我还是离开这里比较好。"老人审视着自己的手，这双强壮的手已经变得干瘦。他抬起眼，望着山坡上的一只老鹰。那只老鹰安静地栖息在枯枝上，一动不动。

"当年的西进似乎失去了价值。我并不是想讲那些老掉牙的故事，我提那些事情，只是为了跟人谈谈我的感受。

"不管是印第安人、冒险，或者是到达大平原，都无关紧要。我想让人感受的，是这只由不断前进的人群组成的'巨兽'，它锲而不舍地走向西边，从未止步。构成这只'巨兽'的人，各有打算；可是由所有人构成的'巨兽'，却只有西进这一个目标。我是首领，就算没有我，也会有别人来做这个首领。这件事，总得有个人负责领头。

"当看见大山的时候，我们都泣不成声——每个人都在流泪。但是最重要的并不是抵达，而是前进，是西进。

"我们就像是运卵的蚂蚁，将生命从那里搬运到这里，安放在此处。这场西进的壮丽与伟大，不亚于上帝缔造的奇迹。人们一步一个脚印，慢慢积攒，才有了横跨整片大陆的功绩。"

"最后，我们来到了海边，一切都结束了。"老人停止了叙述，擦擦眼睛，他的眼圈红了。"我应该早些讲出自己的感受，而不是那些故事。"

乔笛开了口："说不定，将来我也可以当首领。"

老人吓了一跳，低头望着自己的外孙。随后他欣慰地笑着说："现在已经无处可去了，海拦住了人的脚步。在海岸边，有成百上千的人，怨恨着海洋的存在，因为海洋拦住了他们。"

"我可以驾船啊，外公。"

"乔笛，无处可去了。所有的地方都已经有人踏足。不过，这并不是最糟糕的事情——真正糟糕的是大家已经丧失了西进的精神，不再有西进的渴望。你父亲说得一点儿错也没有，这一切已经结束了。"老人垂下眼，盯着自己交叉在膝上的手指。

乔笛感到非常难过："您想不想喝一杯柠檬水？我去给您调。"

老人正想婉言谢绝，却看到了外孙脸上期待他答应的表情。他假装愉悦地说："那可太好了，喝点儿柠檬水，会让人舒服一些。"

乔笛蹦蹦跳跳地跑进厨房，看到母亲正在忙着擦洗早餐时用的餐盘。

"我可不可以拿个柠檬，给外公调杯柠檬水？"

母亲模仿着乔笛的语气，开起了玩笑："另外再拿个柠檬，给自己也调一杯？"

"不用了，妈妈，我不想喝。"

"噢，乔笛！你怎么了？不舒服？"母亲忽然反应过来，"柠檬在冷藏箱里，你自己拿吧。"她柔声说，"我去给你拿榨汁机。"

人鼠之间

第一章

如果你愿意从索莱达出发,往南前进几英里,就能欣赏到日光下的萨利纳斯河。这条河背靠加碧兰山脉,周围生长着茂盛的柳树与梧桐树,清澈碧绿的河水在阳光下泛着波光。每当太阳落下山头,野兔、熊和梅花鹿就会窸窸窣窣地从树丛里钻出来,俯身去小河边喝两口水。拨开低垂的柳条,你就能看到一条若隐若现的小路,这是孩子们嬉戏的乐园,偶尔,流浪汉也会从这条路上经过。

这是一个盛夏的傍晚,天气相当热,微风吹拂着树叶,树丛里的兔子偷偷摸摸地探出了脑袋,它支棱着耳朵,仿佛能听见从州际公路那边传来的脚步声。随后,兔子往树丛里一钻,没了影子。少顷,小路上出现了一高一矮两个男人的身影。

走在前面的男人身材矮小,神采奕奕,一双黑眼睛滴溜溜转着,长着一副聪明相;走在后面的男人则身材魁梧,像个巨人,他看起来比小个子男人温和得多,走路姿势却有些无精打采。这两个男人都身穿牛仔工装，帽子压得低低的，身上背着各自的铺盖。

走着走着，前面的小个子男人像是看到了什么，猛地刹住了脚步，摘下帽子扇了扇风。后面的男人抬起头看了看，顿时眼睛一亮，一个箭步就冲向前去，蹲在河边大口大口地喝起了水。

"喂！莱尼！"看到他这副模样，身旁的小个子男人忍不住嚷了起来，"算我求求你了，别喝这么多！你又想像昨天晚上那样闹肚子吗？"

小个子男人一边说，一边使劲拽着莱尼的衣服，好不容易才把这个大个子从河边拽了起来。莱尼呼哧呼哧地喘着气，抹了一把从脸上滴下来的汗珠，笑呵呵地说："闹肚子也没关系，你也喝点儿水吧。乔治，实在是过瘾极啦！"

"我可不愿意喝这样的河水。"乔治撇着嘴，放下身上背着的铺盖，"谁知道里面有没有细菌呢？"

莱尼耸了耸肩膀。照他看来，人在渴极了的时候，就算是下水道里的水也可以尝尝，但是乔治并不像他这样想。乔治走到河边，仔细地掬水洗干净了脸和脖子，并且催促莱尼也赶快来擦洗一下。

戴好帽子后，乔治忍不住再一次发起了牢骚："我真希望自己已经在农场了！都怪那个巴士司机，他凭什么将我们粗暴地赶下车？哼，让我们冒着烈日整整走了四英里！"

"乔治……"莱尼不安地看了他一眼，嘀咕道，"你能不能告诉我，我们要去哪儿？"

"我们要去哪儿？你又忘了我们要去哪儿？"

"是的。我发誓，我努力记了好多遍……"

"可你又忘了，是不是？蠢蛋！好吧，那我就再告诉你一次。我们曾经去过霍华德街，在街上看到了一块黑板，对不对？"

"对，对！我想起来了！我们去那儿，是因为……"

"是因为莫里和雷迪介绍所挂了招工启事，他们将工卡和汽车票给我们，让我们到这儿来！"

"工卡！"莱尼嚷嚷了起来，"我的工卡！我不知道将它放到哪儿了！"莱尼慌张地在口袋里翻找了起来。

乔治忍无可忍地喊道："别再翻了，傻大个儿！我不会将这么重要的东西交给你的，工卡都在我这里！"

"那就好，那就好……"莱尼露出了放松的笑容，随后他将手放进口袋，似乎在摩挲着什么。

"你在干什么，莱尼？"乔治锐利的目光盯上了他。

"不，不，我什么都没有做。"

"我已经看见了——将你口袋里的东西拿出来！快点儿！"

莱尼没有一点儿办法，只能垂头丧气地将口袋里的东西取了出来，那是一只黑不溜秋的死老鼠。

"天啊！"乔治从莱尼手中夺过死老鼠，厌恶地将它丢进了树丛里，"你在口袋里揣着一只死老鼠做什么？真是不可理喻！与其躲躲藏藏地收集死老鼠，不如好好想想该怎样在农场里做工！"

"什么？"莱尼张大了嘴巴。

"老天爷，你又忘记了，是不是？我们要去农场做工！就像你在威德时一样！"

"哦！和在威德做工一样，我明白了。"

"莱尼你千万要记住，不准在老板面前说蠢话！如果让他发现你是个彻头彻尾的蠢蛋，我们的工作就泡汤了！等我们到了农场，你只要跟在我身后就好，什么都不要说，记住了吗？"

"什么都不说。好的，我记住了。"莱尼嘀嘀咕咕地重复着。

"除此以外，也不许做傻事！威德的事情不能发生第二次了，你明白吗？我可不想再被赶出去一次！"

莱尼傻乎乎地笑了起来。乔治不耐烦地将头扭到了一边，他躺了下来，双手枕在脑后，烦躁地念叨着："莱尼，我真不知道该拿你怎么办。如果不是你这个傻瓜拖累我，也许我早就做出了了不起的事业，娶到了漂亮的姑娘！"

乔治决定今晚在河边休息。夕阳的余晖笼罩了这片树林，宁静的河边"哧溜"窜过去一条小蛇，公路的方向隐隐传来说话声，不久，周围又安静下去。

"乔治，我们干吗睡在这儿呢？农场里明明有热腾腾的饭菜和暖和的屋子。"

"饭菜和屋子，这就是你能想到的，是吗？"乔治冷笑一声，翻了个身，"等到明天你就知道了。农场里还有堆积如山的麦包，还有做不完的苦活儿累活儿。可是在这儿，我们能吹吹凉风，看看星星。我就想睡在这儿。"

"可是我肚子饿，乔治。"

"那简单得很，让我来告诉你吧。你去捡几根干树枝回来，点上火，热一热我们的豆子罐头，就能吃顿饱饭了。"

莱尼垂头丧气地离开了，不一会儿他就回到河边，手揣在口袋里摩挲着什么。乔治瞪了他一眼，硬逼着莱尼打开自己的口袋，里面是一只瘦弱的老鼠。

"莱尼，看在上帝的分儿上！你能不能别再抓老鼠了？我知道你的克拉拉姨妈经常送你老鼠，可是那些可怜的小东西都被你捏死了，难道不是吗？"

"我不是故意的！它们实在是太脆弱了……"

林子里沙沙作响，周围的光线越来越暗，就连最后一抹夕阳的光晕也快要消失了。乔治点起一堆火，慢慢地加热他们的豆子罐头。当莱尼咕哝着豆子罐头加番茄酱更好吃时，乔治再一次爆发了。

"没有番茄酱！我们什么也没有，懂吗，莱尼？要不是因为你傻里傻气地去摸小姑娘的衣裳，我们哪至于被威德的农场主赶出来？如果你不再缠着我，那我愿意付出任何代价！"

莱尼好半天都没吭声，他蜷缩在火堆边，眼睛盯着河水。

"乔治，如果你真是这么想的，那我会走开的。"

"走开？你能走到哪儿去？"

"哪儿都行，我在山里也能活下去。"

"别再说傻话了，莱尼！"乔治表现得很暴躁，但隔了一会儿，他又不自在地说，"你以为你能独立活下去吗？你去世的克拉拉姨妈会怎么想？你还是跟在我身边吧。"

"你再对我说点儿什么吧！就像之前那样。"莱尼恳求道。

"你想听，是吗？那就听着吧，这世上有很多孤苦伶仃的可怜人，他们没有家人，没有朋友。可是——"

"可是我们有朋友！我们有彼此！"莱尼抢着说，他兴奋地嚷了起来。

"没错，莱尼。也许有一天，我们攒够了盖房子、买田地的钱，我们就能在乡下安顿下来，种点儿蔬菜，养点儿牲畜……"

"养点儿兔子！"

"到了冬天的时候，我们就可以舒舒服服地坐在壁炉边取暖，用不着出门做工了。"乔治一边说，一边打开了两瓶豆子罐头。两个人畅想着未来的幸福生活，大吃大嚼起来。

"莱尼，别忘了，明天见了新的农场主，一句话也不要多说。"乔治打了个饱嗝儿，将空罐头瓶丢掉，"现在，我可要睡个好觉了。"

夜风清凉，树叶沙沙作响，乔治鼾声如雷，莱尼咕哝着养兔子的愿望。随着夜色逐渐消散，河对岸隐约响起了狗叫声，山的那一头，日头渐渐升起来了。

第二章

农场的工人房里挨挨挤挤地搁着八张床铺,每张床的床铺上方都钉着一个用开口朝前的苹果箱做成的架子,架子上摆满了工人们的私人物品,包括肥皂、剃须刀、药瓶、各种各样的西部杂志……房间里摆放着一张大方桌和一些箱子,没有工作的时候,工人们就在这里打牌消磨时间。

早上十点钟左右,乔治和莱尼跟着农场里的老杂工走进了工人房。

"你们迟到了,老板正生气呢。"老杂工一边说,一边朝着炉边的铺位胡乱指了指,"你们就睡在那边吧。"

乔治和莱尼走了过去,将自己的铺盖放在床铺上。乔治从架子上找到了一只黄色小药瓶。

"杀虱药——喂,这是怎么回事?我可不愿意睡在有虱子的床铺上!"

"这里不可能有虱子!"老杂工走过来仔细瞧了瞧,恍然大悟,

"我知道了,这是铁匠怀特伊的铺位。哼,他那个人就算用餐具吃东西都是要洗手的,尽管我们这里没有虱子,但他总是随身带着一瓶杀虱药。这是他的习惯,一点儿都不稀奇,明白吗?"

"那他为什么离开农场了?"乔治问。

"这可不好说。"老杂工咕哝着说,"大概是因为伙食不好吧,谁知道呢。哼,他们这种年轻人……"

乔治开始动手整理自己的铺位,将剃须刀、肥皂、梳子和药瓶都整整齐齐地搁在架子上,莱尼也有样学样。

杂工催促道:"你们两个快点儿吧!该说的我都告诉你们了。老板今天不高兴,牲口佬儿已经被他臭骂一顿了!"

"牲口佬儿?那是谁?"乔治问。

"他是老板的出气筒,可他自己根本不在乎。只要有书看,他从来不管老板怎么对待他。"

"说说你们老板吧。"

"虽然老板的脾气有些急,但他是个无可挑剔的好人。去年圣诞节,他还用一加仑①威士忌招待我们呢!嗨,那滋味儿……"

正当老杂工唠唠叨叨地回忆着威士忌的滋味时,工人房的门开了。一个身材粗壮的男人走了进来,他上身穿法兰绒衬衣,下身着蓝色工装裤,脚蹬一双厚跟靴子,这身打扮就足以将他和普通工人区别开,他就是这里的老板。

老杂工和老板打了声招呼后便走出了工人房,老板检查了乔治和

---

①加仑分为英制和美制,美制1加仑约等于3.785升。

莱尼的工卡，上上下下打量着他们两个。

"你叫什么？"老板问道。

"我是乔治·米尔顿。这是莱尼·斯莫尔。"

"你们之前在哪里工作？"

"威德。莱尼和我都在那里。"

"这个大个子不爱说话，是吗？"老板笑着指了指莱尼。

"他确实不爱说话，可他踏实肯干活儿，请您相信这一点。"

"踏实肯干活儿。"莱尼学舌道，他嘿嘿地笑了起来，随即被乔治怒目而视，连忙闭上了嘴巴。

"莱尼！"老板喊道，"你能做什么工作？"

莱尼慌忙看向乔治。

"他能完成您交代的所有工作，先生。"乔治说，"他会赶牲口、扛麦包、开拖拉机，只要您安排下来，就没有他做不好的。"

"看来你非常关照他，是不是？"老板眯起了眼睛。

"呃，是啊，他是我表弟。"乔治信口胡说，"只不过他小时候发烧烧坏了脑子，现在不怎么聪明，但这不耽误他做农场里的活儿。您尽管放手让他去做吧。"

"但愿你说的是真的，我会好好盯着你们的，我也会想办法联系威德的农场主了解你们的情况。今天下午，你们就跟着斯利姆打麦子吧。"

安排完了下午的工作，老板走了出去。

乔治立即沉下脸，转头冲着莱尼发火："你简直什么事情都做不好，蠢蛋！现在我们可得小心了，唉，万一让老板知道了在威德发生的事情，那可怎么办？"

"乔治，我并不是你表弟，也没有发烧烧坏脑子。"

"呸，我当然知道那都是假的，可是我还能怎么说？"

工人房的门再次打开了，走进来一个打扫卫生的杂工，乔治很快就闭上了嘴巴。杂工身边跟着一只年迈的牧羊犬，这条狗已经老得站都站不稳了，它拖着脚步，挪到墙边角落里，慢慢舔着自己的皮毛。

"这可真是条老狗。"乔治边说边打量着这只牧羊犬。

"确实如此。"杂工回答，"可是不要小瞧它，它年轻的时候可是牧羊的好手呢。"

就在这时，一个身材精瘦的小伙子走了进来，他的皮肤棕黑，个子矮小，脚蹬一双厚跟靴子，看起来和老板有些相像。

"喂！"他粗声粗气地说，"老头子在哪儿？"

"我想在厨房吧，科里。"杂工回答道。

科里一抬头，就牢牢地盯住了莱尼。

"你是农场的新工人？"科里问。

莱尼被他不怀好意的眼神盯得很不自在，扭过头不看他。

"是的。"乔治回答。

"我要让这个大个子说。"科里不耐烦地说，"你在这里插什么嘴？"

"他是我的朋友。"乔治毫不退缩，冷冰冰地直视着科里的眼睛。

"朋友？嘿！"科里冷笑了一声。莱尼不知所措，慌张地在他们俩之间看来看去。

"如果莱尼愿意跟你说话，他会说的。"乔治说。

"我今天刚来。"莱尼小声说。

"大个子，就是这样。下次记着，别人问话时应该立即回答！"科里狠狠地瞪了他们一眼，掉头出去了。

科里离开以后，打扫卫生的杂工才小声对他们说："如果被科里盯上了，那可是件糟糕的事情。他是老板的儿子。"

"那又怎么样？"乔治满不在乎地说，"我敢说，如果他向莱尼挑衅，肯定讨不了好。"

"这也难说，人们都说科里是个相当有本事的拳击手。不过话说回来，就算他打架输给莱尼，他也会说那是因为自己的个子小，他就是这样狡猾。最近，他的脾气变得越来越坏了，你们记得离他远点儿。"杂工在乔治对面坐了下来，"他最近结婚了，你知道吗？为了讨好老婆，他可真是无所不用其极。"

乔治鄙夷地哼了一声。

"他老婆很漂亮。"杂工接着说，"可是不像是正经女人，我见过她向斯利姆和卡尔森抛媚眼儿。要我说，这一点儿用都没有，斯利姆是个正直能干的好牛仔，他从来不会动歪心思。"

"可是他挡不住漂亮女人向他献殷勤，不是吗？"乔治说，"如果运气好，说不定我们能看一场好戏呢。"

杂工看了一眼门外，慢吞吞地站起了身。

"好了，小伙子们，我现在要出门干活儿了。不过我要提醒你们，可别在科里面前提到这件事……"

杂工一边咕哝着,一边走开了。乔治坐在箱子上,随手把玩着面前的扑克牌。农场那边传来马车的吱呀声和马儿的嘶鸣声,有人拖长了声音喊道:"喂!牲口佬儿!"

莱尼蜷缩在床铺上,小心翼翼地瞥着乔治的神情。

"你生气了吗,乔治?是因为科里吗?"

"我的确讨厌那个浑蛋科里。"乔治沉着脸说,"但是我们不能主动招惹他,你明白吗?他是老板的儿子,如果我们跟他吵起来,吃亏的只能是我们。"

"我不想主动招惹他,我什么都没做。"莱尼委屈地说。

"老天爷,我知道。我是说,你今后尽量躲着他。"乔治说,"万一他来找你挑衅,你知道该怎么应付吗?别搭理他,别跟他打架!"

"我知道了,乔治。"

"万一你没办法躲开他,惹上了麻烦,你知道该怎么办吗?"

"我会远远地走开,不给你添麻烦。"莱尼闷声闷气地说,"我会躲在河边的灌木丛里。"

"就是这样。"

门口又走来了一个人,乔治和莱尼同时抬头瞧了过去。那是个妆容艳丽的女人,头发烫得卷卷的,嘴唇和指甲都涂得鲜红。她正在目不转睛地看着他们。

"科里刚才到过这儿,是吗?"

"他只待了一小会儿。"乔治瞥了她一眼,又移开目光,"你得去别的地方找他。"

"哦——"女人拖长了声音，仔细地打量他们，"你们是新来的工人？"

莱尼从来没有见过这样的女人，他一动不动地看着她，着了迷。乔治猜到了她的身份，于是催促她快点儿离开。这女人离开以后，乔治揪着莱尼的耳朵，恶狠狠地将他臭骂了一顿。

"不准再瞧着她发呆了，你这蠢蛋！你根本不知道这个女人有多可怕！往后你必须离她远一点儿，你给我记住了！"

"我没想干坏事！"莱尼喊道，"这个地方可真是糟糕，我们干吗要留在这儿？"

"因为我们必须赚到足够的钱，莱尼！"乔治板着脸说，"你以为我喜欢这个地方吗？不，我也不喜欢。可我们必须得待在这儿，别无他法。"他听到工人房外传来了洗漱的动静，知道其他的工人很快就要回来了，这才松开了手。

工人斯利姆走了进来。他个子高挑，一边走一边将他的软呢牛仔帽摘下来，夹在腋窝下面。他大约三十岁，一举一动都很有威严。当他的目光扫过来时，人们会不由自主地挺直腰杆。在这个农场里，斯利姆可是个了不起的人物。所有的牲口都会听从他的吩咐，所有的工人也愿意接受他的指派。无论在任何时候，只要斯利姆开口说话，人们就会不约而同地安静下来。无论发生了什么意外，只要有斯利姆在场，一切都会迎刃而解。斯利姆就是一个令人感到安心的人，在农场里，所有人都会全心全意地信任他。

"今天天气真好。"他向着乔治和莱尼点点头，主动打招呼，"你们是新来的工人？"

"是的。"乔治回答，"老板让我们帮着扛麦包。"

"太好了。"斯利姆在乔治对面坐了下来，"我们正需要人手帮忙呢。"

"无论什么活儿，都交给我们吧。"乔治说，"瞧瞧我的朋友，这个大个子，他一个人就抵得上两个工人。"

莱尼知道乔治是在夸奖他，他眯着眼睛笑了起来。

斯利姆打量着他们，感到有些好奇。过了一会儿，他问："你们是朋友？可真是难得。我很少见到结伴同行的工人，在这世上，人们总是会彼此提防。"

"有朋友是好事。"乔治说，"有人陪在你身边，总比孤单一人要好。"

"喂，斯利姆！"一个浑身上下湿漉漉的大块头工人也走了进来，他瓮声瓮气地向斯利姆打招呼。

乔治听到斯利姆称呼那个大块头为卡尔森，他们俩聊了会儿斯利姆家那只新下崽儿的狗。房间外的声音渐渐变得嘈杂起来，吃饭时间到了，斯利姆向乔治和莱尼招呼了一声，就跟卡尔森一前一后地离开了。

"我们向他要一只小狗吧，乔治！"莱尼兴冲冲地叫道，"我想要一只棕白花的！"

"我会问问的，但是现在我们得去吃饭了，快点儿！"

他们正要出门的时候，农场主的儿子科里又闯了进来。

"有一个女人来过这儿吗？"他蛮不讲理地喊道。

乔治不得不竭尽全力控制自己，才没有向这浑蛋的脸上打一拳。

"她来过，可是没人知道她现在去哪儿了。"乔治冷淡地说。

"难道她没说来这里干什么吗？"

"她来找你，但你没在，她就到别处去找你了。你们两个真的很有默契，都喜欢到工人房里找人。"乔治看着眼前的小个子男人嘲讽地说。

科里被激怒了，他将乔治从头到脚看了一遍，思量着自己是否能打倒这个人。由于乔治是靠苦力工作的，所以他的手臂很结实，科里没有他强壮，身手也没有他敏捷。考虑到自身的实力以及乔治身边的大块头莱尼，科里还是压下了火气，他问了最后一个问题："那她出门后是向哪边走的呢？"

"没看到！"乔治生气地说。他非常讨厌科里这一副目中无人的样子。

科里瞪了他一眼，这才转身离开了。乔治嘟嘟囔囔地和莱尼抱怨着走出房门，跟着其他的工人一道吃饭去了。

一只瘸腿的老狗蹒跚地走了进来，它四下嗅了嗅，慢吞吞地蜷缩在地板上。科里又跑回工人房看了一眼，接着气愤地离开了，他的脚步声震得老狗的脑袋微微动了动。

第三章

工人房里非常昏暗，傍晚时分更是如此。休息时，房里人声嘈杂，工人们忙着打牌、掷马蹄铁，边玩边说说笑笑。斯利姆和乔治一前一后走进了屋子。不久之前，斯利姆将一只小狗送给了莱尼。

"我得向你道谢。"乔治对斯利姆说，"莱尼高兴得发疯，他今晚肯定想和小狗一起睡在牲口房里。"

"莱尼是个踏实勤恳的好工人，没人比得上他扛麦包的速度。"斯利姆说，"不过，你倒让我更加吃惊。工人里鲜少会有你们这样的伙伴，尤其是一个傻子和一个聪明人组成的搭档。"

"莱尼不是傻子。"乔治咕哝着说，"我也算不上什么聪明人，否则我早就发达啦。我没什么其他要求，只要有一片属于自己的田地，能在上面种点儿粮食，自给自足，对我来说就足够了。"

乔治愣了一会儿，仿佛在想着自己的心事。斯利姆并不催促他继续说下去，只是安静地凝视着他，等待着乔治再次开口。

"我和莱尼之间的关系没什么出奇的。"乔治开口了,用一种平静的口气,仿佛是说给自己听的,"莱尼和我都出生在奥本,我从小就认识他,他的姨妈克拉拉是个好人。她去世以后,莱尼就跟在我身边了。这些年来,我们一直结伴出门打工。"

"原来是这样。"斯利姆说。

"莱尼这家伙很笨,可他从来没有一丝一毫的坏心眼儿。"乔治看向斯利姆,"你知道我为什么愿意跟他待在一起吗?就是因为他是个彻头彻尾的大笨蛋。不管我说什么、做什么,他都会打心底里崇拜我,因为我确实比他聪明一些。实际上,他只需要用一只手就能掐死我,可他不会这么干的,永远不会。"

乔治的声音有些哑了,他垂下了头。

"无论我吩咐他做什么,他都会照做,哪怕我让他从悬崖上跳下去——我以前经常会和他开这样的玩笑,直到后来……有一天我们到了萨克拉门托河附近,当时除了我和莱尼,还有一大群人。我忍不住想逗个乐儿,想要在大伙儿面前耍弄莱尼,我知道他不会游泳,还命令他跳进河里去。可你猜怎么着?他跳下去了,毫不犹豫地跳下去了。我开的这个玩笑差点儿害死了他,可他一点儿也没有记恨我。我们把他救上岸以后,他还感激我救了他的命。这就是莱尼。从此以后,我就再没做过这样的蠢事了。"

"莱尼是个好人。"斯利姆说,"尽管他不聪明,可他有一颗金子般的心。"

"没错。"乔治咕哝着说,"他总是给我惹麻烦,但是我已经习惯了。我甚至有些离不开他。哪怕在威德发生了那档子事——"

"在威德发生了什么？"斯利姆问。

乔治警惕地瞥了他一眼："你不会说出去吧？我相信你不会。"

"你们在威德碰到了什么事？"斯利姆又问。

"好吧，好吧，我告诉你。是这样，我们在威德工作的时候，莱尼想要摸一个姑娘的红裙子，那姑娘却以为他要强奸她，后来她尖叫起来，还将警察和农场所有的人都叫了过来，我们不得不从威德逃了出来。我敢保证，莱尼当时只是想摸那件红裙子，他绝对没有坏心思，那姑娘也一点儿事都没有。"

"我相信他没有坏心思。"斯利姆平静地说，"莱尼是个好人。"

正在他们说话的时候，莱尼佝偻着腰，披着外套，慢吞吞地走了进来。他含糊地跟他们打了个招呼，面对着墙，径直躺到床上。

"莱尼！"乔治叫道，"你不可以把小狗带进来。"

"小狗？我没有——不，乔治！"

莱尼还没说完，乔治已经走到他身边，从他的牛仔外套里抓出了那只棕白花的小狗崽。

"这可是一只刚出生的小狗崽！立刻把它送回去，莱尼，除非你想害死它！"

莱尼双手捧着小狗，匆匆忙忙地跑了出去。乔治叹了口气，他知道，莱尼今晚肯定会陪着小狗睡在牲口房的。

天色越来越暗了，工人们陆续回到屋子里。卡尔森一进门，就反感地嚷嚷起来："这只老狗实在是太臭了！坎迪，你必须得想个办法处理这只狗！它已经病入膏肓了，是不是？它嘴里一颗牙也不剩了，你干吗要养着这样一只没用的狗呢？"

"它陪伴我太久了。"坎迪说，"你们不知道，它以前可是牧羊的好手呢。"

"以前是以前，可现在它已经该闭眼了，不是吗？斯利姆会给你一只小狗的。你该开枪打死这只臭烘烘的老家伙。要是你下不了手，我就帮帮你。"

年迈的坎迪不知所措，他慌慌张张地看向了斯利姆。

"坎迪，我会给你一只小狗的。"斯利姆仔细打量着老狗道，"卡尔森说得没错，它已经到了该被送走的时候了。"

坎迪没有办法反驳斯利姆的话，他露出了无助的神情。

一个叫惠特的工人从门外走了进来，他手里挥舞着一本杂志，大声叫道："瞧瞧这个，斯利姆！我保准你想不到！比尔·特纳写给杂志社的信被登了出来！还记得吗？我曾经跟那个小个子在豌豆地里一起干活儿呢！"

惠特喋喋不休地说起了自己和比尔·特纳交往的经过，而卡尔森一边盯着坎迪的老狗，一边俯身从床底的袋子里掏出自己的手枪。

"坎迪，瞧见我的鲁格手枪了吗？我能将这件事情解决得干干净净。"

坎迪三番五次向他恳求着，可是卡尔森没有一点儿退让的意思，斯利姆也始终保持着沉默，坎迪的声音越来越小，他绝望地低下了头。

"好吧，好吧……那你们就带走它吧……"

卡尔森用皮带拴住了老狗的脖子，将它拽出屋子。屋里一下子安静下来，坎迪仰躺在床上，双眼呆呆地瞧着天花板。远处传来一声短促的枪响，屋内的人同时向坎迪看了过去。过了好半天，他才慢慢地翻了个身。

乔治和惠特打起了扑克，皮肤黝黑的牲口佬儿克鲁克斯悄悄地走了进来，提醒斯利姆得去给骡子补蹄子。

"我得告诉您，"克鲁克斯嘟囔着说，"那个新来的大块头正在摆弄您的小狗，谁知道他会做出什么事情来？"

"莱尼不会伤害小狗的。如果你不放心，我们一起去瞧瞧。"斯利姆跟着克鲁克斯走了出去。

"你有没有见过科里的新老婆？"惠特眯缝着眼睛，对乔治说，"我跟你说，她还会对牲口佬儿克鲁克斯抛媚眼儿呢！"

"这姑娘明显不适合住在农场里。"乔治摆弄着手里的扑克牌，玩起了纸牌接龙，"她会惹麻烦的，科里铁定要头疼。"

"你很聪明。"惠特吹起了口哨，"明晚跟我们去城里玩玩儿怎么样？不用三美元就能玩一宿，不用三美分就能喝杯好酒，你还可以结识苏西家漂亮有礼的姑娘，可你最好别在苏西面前提起克拉拉。"

"我也许会去喝一杯，但是不会过夜。"乔治说。

正在他们说话的时候，莱尼和卡尔森一同回到了工人房。卡尔森收起自己的枪，假装没有看到坎迪向他投来的目光。

"科里在外面跑来跑去，你们知道吗？"卡尔森说，"他在找他的老婆。我看他气糊涂了，他还要去牲口房找斯利姆的麻烦呢。你们也都知道斯利姆有多厉害,科里肯定要吃亏。他也真可笑,斯利姆怎么会招惹他的老婆?"

"不管怎么说,这都是一场好戏。"卡尔森说,"来吧,我们去牲口房瞧瞧热闹。一起去吗,乔治?"

乔治谢绝了他们的好意,工人们相继走了出去,乔治依然坐在原地摆弄着扑克牌,莱尼目不转睛地盯着他的动作。

"乔治,"莱尼说,"再说说我们的田地吧,说说兔子。"

"昨晚刚刚说过,你不记得了吗?"

"可是我想再听一遍。"

"那就再说一遍。将来的某一天,我们会有一块十英亩①的田地,还记得吗?我们会盖起一座小房子,再建一片果园,到时候你想种什么果树都行,苹果、桃子、杏……到了秋天,我们就能大丰收。我们的房子旁边有磨坊和养鸡场,你还可以在门口的菜园里种上点儿蔬菜——"

"我想要养兔子!"

"当然可以。开垦一块苜蓿地,怎么样?用苜蓿来养兔子是再好不过的。除了养兔子,我们还可以养几头猪,将猪肉做成培根和火腿。你还记得吗?我爷爷最擅长熏火腿了!没什么事儿的时候,我们就一起出门打猎捉鱼。三文鱼是最棒的食材,对不对?再养几头奶牛或几只山羊,我们就能天天吃上新鲜奶油了。等秋天来临,我们就将摘下来的果子都做成水果罐头……"

---

① 1英亩约等于6.07亩。

"我们可以吃顿好的。"莱尼轻声说。

"当然！我们想吃什么就吃什么，喝点儿威士忌也没问题！我们再也不用挤在狭小的屋子里吃糠咽菜了。"

"我们到时候住的地方是怎样的呢？"

"当然是我们亲手盖的房子，我会专门架一只铁炉子，用来在冬天的时候取暖。那时，我们种的粮食和蔬果已经足够让我们安稳地度过寒冷的冬日，这样我们就可以等到天气暖和以后再出去工作。"

乔治侃侃而谈，莱尼越听越入神，他一会儿念叨着兔子，一会儿念叨着猎犬。两个人说着，笑着，完全沉浸在了自己的想象里。

"如果真有这么一个地方……"

就在乔治和莱尼沉浸在幻想中的时候，身边突然响起了一个沙哑的声音。他们猛然回过神来，发现是坎迪开口说话了。这老头儿的眼睛亮晶晶的，紧盯着他们瞧。

"这些大概要花多少钱呢？"

乔治狐疑地盯着他："大概要六百美元吧。不过，这跟你有什么关系？"

"请你们到时候雇用我，行不行？我想加入你们。"坎迪热切地说，他微微前倾身子，"虽然我是个只剩一只手的残废，但我也能给你们帮忙。以前我在农场里做工的时候，被机器绞断了一只手，老板赔了我两百五十美元，再加上我以前的积蓄，我有三百五十美元的存款呢！我可以出资帮你们盖房子，帮你们侍弄菜园，做做饭。想想看吧，跟我一起，怎么样？"

坎迪的提议相当有诱惑力，乔治意外地看着他，心里忍不住打起算盘。

"三百五十美元，这不是小数目呢。如果我和莱尼踏踏实实地在这里工作一个月，我们就能攒够一百美元，说不定真能买上一块田地，种点儿农作物，再养几只母鸡和兔子……"

几个人面面相觑，一时间都说不出话来。乔治一直以为，他所说的那番话只是一个遥不可及的梦想，而现在，它居然就在眼前。

"听着，我们必须保守秘密。"乔治急促地说，他已经听到工人房外响起了其他人的脚步声，"这是我们的计划，明白吗？如果让其他人知道了，他们肯定会想方设法捣乱的。别告诉其他人！"

莱尼和坎迪不约而同地点了点头。

工人们已经走到了门口，"吱呀"一声，门开了。斯利姆、科里、卡尔森和惠特全都走了进来。斯利姆板着一张脸，科里结结巴巴地对他说着什么。

"请你千万别误会，斯利姆！我只是……"

"我不想再听你多说一个字了，科里。"斯利姆斩钉截铁地说，"我对你老婆一点儿兴趣都没有，如果你再在我面前胡说八道，我就对你不客气了。"

周围的其他工人哄笑了起来，卡尔森嚷道："斯利姆，让这个窝囊废看看你的本事！呸，这家伙实在是让我感到恶心！"

科里铁青着脸，他的目光逐一扫过在场的工人，很快盯上了角落里面带微笑的莱尼，他立马粗着喉咙吼了起来："你也敢笑，说你呢，新来的！"

莱尼不明所以地看着他。可怜的莱尼完全没注意听卡尔森那一番话，他正在一门心思地想着自己的田地和兔子呢。

可是科里根本不管这些，他提起拳头，一拳就砸上了莱尼的面门。莱尼的鼻血喷涌而出，他疼得大声号叫起来。

"乔治！乔治！救救我！"

"抓住他！莱尼！别让他打你！"乔治跳起来吼道。

莱尼胡乱用手捂着流血的鼻子，又害怕又慌张，忍不住哭了起来。科里连着几下重拳，都打在了他的肚子上。

"科里！住手！"斯利姆叫了起来，他试图冲上去帮忙，却被乔治拉住了。

"抓住他！抓住！莱尼！"乔治大喊道。

等到科里又向莱尼挥过去一拳时，莱尼猛地攥住了科里的拳头。他的力气实在是太大了，就在一刹那，小个子科里的脸色一下子变得惨白，他张大嘴巴，却没办法发出一点儿声音，人们几乎能够听到他的骨骼被捏得咯咯作响。

"够了！莱尼，控制一点儿！"乔治跑了过去。

可是莱尼被吓坏了，他仍然死死地抓着科里，慌乱地看向在场的每一个人。乔治抓住了他的手，猛拍着他的脸，莱尼却像是一点儿反应都没有。

"莱尼！松开！你不能捏碎他的手！"乔治喊道。

莱尼像是忽然醒过神来，他一下子松开手，科里软绵绵地靠着墙壁瘫坐了下来。

"我，我不知道这是怎么回事，乔治……"莱尼不知所措地说。

周围的工人们都围上来，七嘴八舌地议论着。

"得去医院！"斯利姆仔细看了看科里的伤势，骇然地看了一眼莱尼，"科里的骨头碎了！"

"对，对不起……"莱尼捂住了脸，呜呜咽咽地哭了起来，"我不是故意的……"

斯利姆有条不紊地安排工人套马车，准备将科里送往医院，同时还不忘安慰莱尼几句。科里蜷缩在墙角瑟瑟发抖，斯利姆伸出大手，扳住了他的下巴。

"听着，浑小子。"斯利姆毫不客气地说，"如果不想招惹麻烦，你最好记住，你这只手是不小心被机器绞碎的，明白吗？要是你对其他人说发生了什么，或者你想借此机会刁难一下莱尼，到时候，我们也会让你好看！"

科里哆嗦着嘴唇，点头表示自己明白了。工人们将他半拖半拽地带出房间，送上了双轮马车，卡尔森负责将他送去医院。工人们相继离开了，房间里只剩下了乔治和莱尼。

"乔治，我不是故意的。"莱尼发着抖说道。

"我知道，这不是你的错。"

"以后我还能跟你住在一起吧？我们还能一起养兔子吧？"

"当然，当然。快去洗把脸吧，瞧你这副样子。"

第四章

  皮肤黝黑的牲口佬儿克鲁克斯住在牲口房外的小棚屋里,他将自己的屋子打扫得一尘不染,常用的工具整整齐齐地摆在工作台上,他专门在床铺上方安装了一个书架,上面摆满了字典、法典和各种各样的杂志。

  星期六晚上,棚屋里亮着一盏昏黄的小灯,克鲁克斯坐在床边,慢慢地往自己脊背上涂药。就在这时,从敞开的门口走进来一个人,那是高大的莱尼。莱尼冲着克鲁克斯露出了温和的笑容,像是想和他打招呼。

  "你在这里干什么?"克鲁克斯不满地说,"出去,这是我的房间!"

  "对不起,我没有冒犯你的意思。"莱尼慌张地说,"我只是……只是想到牲口房来看一看我的小狗。"

  "看小狗?那就快去吧,别在我的屋子里发愣!我知道你们总把我当作一个臭烘烘的下人,呸!"

  莱尼不知所措地看着克鲁克斯发脾气,他仍然站在原地,咕哝着说:"我只是想来看看小狗……斯利姆说,我不应该把小狗从窝里抱出来。"

"你想做什么就做什么,干吗要管斯利姆怎么说?"克鲁克斯瞪了莱尼一会儿,发现他完全没有挪步的意思,只好败下阵来,"行了,进来吧!我算是拿你没办法了!跟我说说,其他人都去哪儿了?"

"坎迪在算兔子,其他人都进城去了。"

"算什么?"

"算兔子!"

"你这傻子,你说的话我一个字儿都听不懂。"克鲁克斯不耐烦地说,"你难道还不明白吗?你那个朋友压根儿不把你放在眼里。告诉你吧,他早就想抛下你了。也许他这次进了城,就再也不会回来了。"

"乔治不会抛下我的。"莱尼连忙说。

"你就这么肯定?哼,说不定他跟别人打了架,受了伤,死在了外面,那你又该怎么办?你会无家可归,人们会把你送进精神病院!"

莱尼死死地盯着他,一开始的慌张渐渐不见了,他面无表情地逼近了克鲁克斯。

"乔治发生了什么事?"

眼看这个大块头越逼越紧,克鲁克斯咽了一口口水,这才感觉到紧张。

"不,乔治好好的,什么事情都没有。"他说。

"对,乔治什么事也没有。"莱尼重复道,"乔治曾说过,我们还要种一片苜蓿地、一片浆果地,我们要养许许多多的兔子。"

"种苜蓿？养兔子？"克鲁克斯吃惊地张大了嘴，"就凭你们？别胡说八道了！哼，我经常听农场里的这些家伙吹牛皮，可他们实际上做成什么事了？"

门外响起了马儿嘶叫的声音，克鲁克斯咕哝了一句话，走过去拉开了门。

"你们回来了吗？坎迪？"克鲁克斯站在门口问。

"是的。"坎迪回答道，"斯利姆还在城里，我们先回来了。莱尼是不是在这里？"

"没错。"

克鲁克斯回到了自己的床上，坎迪站在门口，探头探脑的。

"快出来，莱尼。我要对你说说养兔子的事情。"坎迪对莱尼说。

"你为什么不进来说？"莱尼问。

坎迪看了一眼克鲁克斯，显然有些拿不定主意。克鲁克斯暴躁地吼道："行了，进来吧，磨蹭什么呢？"尽管克鲁克斯的态度相当粗暴，可是坎迪能看得出，他此刻并不反感有人进入他的屋子。

"关于那些兔子，我有了一个好主意。"坎迪兴奋地说，"也许我们可以把养大的兔子卖钱，你看怎么样？"

"我的天啊！你们真的准备自己开农场？"克鲁克斯大声说，"你们哪儿来的钱呢？哪儿来的人手呢？我敢跟你打赌，几个星期后，乔治和莱尼都会离开这儿！"

"他们不会走的！"坎迪气恼地说，"我们已经商量好了，钱快凑够了。等到乔治回来，我们就能购置一块田地，盖几间屋子，养些母鸡和兔子，一点儿不错！"

克鲁克斯沉吟着，似乎在判断他们的话有几分可信。

"好吧，如果你们坚持这么说……"他含糊地说，"如果你们想要一个劳力，可以考虑考虑我……用不着付工钱，只要管饭就行，你们想想看吧……"

"喂，科里在不在？"

正在克鲁克斯小声咕哝的时候，窗外传来的一个声音打断了他的话。几个人同时转过头去，窗外站着一个浓妆艳抹的女人，他们都认出来了，这是科里的妻子。

"不，不在。"坎迪说完后，不愿意多看她一眼。

那女人盯了他们一会儿，忍不住笑了。

"男人可真是有意思。"她说，"单独和我在一起的时候，什么话都说得出来。可是人一旦多起来，你们就将嘴巴闭得紧紧的，一个字儿也不多说。"

"你该走了。"克鲁克斯不高兴地说，"如果让科里知道……"

"哦，别和我提科里！"女人不耐烦地说，"那个愚蠢的家伙，谁管他会怎么想？我听说他的手被绞碎了，这到底是怎么回事？"

几个人一时都沉默下来，他们互相看了看。

坎迪咳嗽着说："是机器绞碎了他的手，夫人，就是这样。"

"呸，你以为你们能骗得过我？"那女人忍不住笑了起来，"我了解科里，肯定是因为他主动找茬儿，却遇到了比他更厉害的人，是不是？你们就告诉我，是谁干的？"

没有人吭声，女人的眼珠转来转去，最后落在了莱尼的脸上。

"你为什么一脸的伤？"

"我？我——"莱尼结结巴巴地说不出话来，"不是我。他的手是被机器绞碎的，他们都这么说。"

"他们都这么说？很好，很好。"女人笑了起来，"我很高兴你教训了科里，我早就想这么做了。"

她轻盈地转过身，迈着轻快的步伐离开了棚屋。这时，远处响起了马儿打响鼻的声音、辔头链子叮当作响的声音，接着人们的脚步声响了起来。

乔治喊着："莱尼？莱尼？你在哪儿？"

"我在这儿！"莱尼连忙叫道。

乔治很快走了过来，他皱着眉头说道："你们俩在这儿干什么？你们不应当打扰克鲁克斯。"

"我们说起了养兔子赚钱的事。"坎迪兴高采烈地说。

"我明明告诉过你，这是我们三个人的秘密，不应该说出去！唉，算了，你们还是快跟我出来吧，真是的……"

坎迪和莱尼走到门口的时候，克鲁克斯又叫了起来。

"别忘了！"他说，"你们可以考虑以后雇我帮你们种地或干杂活儿！但我只是随口说说，也许我还能找到更好的地方干活儿。"

"知道了，晚安。"乔治漫不经心地回了一句。

他们都离开后，棚屋里就只剩下克鲁克斯一个人。他坐在床上发了一会儿呆，慢慢将药剂瓶子拿了起来，再次涂抹着背上的淤青。

第五章

牲口房的一角堆满了新鲜的干草，从地上一直堆到顶棚。绕过这一大堆干草，就能看见里面的马槽。马儿们悠闲地嚼着饲料，时不时甩甩尾巴驱赶苍蝇。这是个暖洋洋的午后，外面传来人们的吵嚷声和嬉笑声，但是牲口房里很安静。

牲口房里只有莱尼一个人。他坐在干草堆上，一动不动地看着面前的小狗。小狗双眼紧闭，浑身冰冷，它死了。莱尼看了好一会儿，才开始慢慢地抚摸小狗。

"我不是有意要弄死你的，你知道吗？为什么你会这样脆弱呢？"他小声说，"我该怎么办？如果乔治看见你这个样子，他就不会允许我养兔子了。"

他将小狗轻柔地埋进干草堆后，继续坐在那儿发呆。

"我该老老实实地将这件事告诉乔治。"他咕哝着说，"什么都瞒不过他，不是吗？可是他会怎么说呢？他一定不会让我养兔子了，为什么会这样呢？"

莱尼将脸埋进了巨大的手掌里，悲伤使他浑身剧烈地颤抖起来。

不知道什么时候，科里的妻子悄无声息地走进了牲口房。她穿着一条鲜艳的裙子，妆容艳丽，头发梳得整整齐齐。她拍了一下莱尼的肩膀，莱尼猛地抬起头来，下意识遮住了小狗所在的地方。

"干什么？"莱尼生气地问。

"来找你说说话，大块头。"她笑眯眯地说，"怎么这么凶？你不愿意理我？如果你害怕科里说三道四，可以把他另一只手也弄断。我知道你能做到。"

"不，乔治不允许我跟你说话。"莱尼坚持说。

"你什么都听乔治的，可你为什么不替我想想呢？没有人跟我说话，我孤单极了。"女人说，"你干吗一直挡着那片干草？干草底下是什么？"

"是小狗。"一想起这件事，莱尼又低下了头。

"它死了，是不是？真是可怜的小家伙。"女人拨开干草，看了看下面小狗的尸体。

"我不是有意的。"莱尼说，"它跟我闹着玩儿，想要咬我，我也跟它闹着玩儿，我拍了它一巴掌……可我，可我没想弄死它……"

"这算不了什么大事。"女人安慰他。

"不，不，乔治会骂我的，他不会再让我养兔子了。而且，他不允许我跟你说话。"

"为什么不能和我讲话？"那女人生气了，她的声音高了起来，

"根本没有人关心我怎么想，根本没人在乎我是一个怎样的人！让我来告诉你吧，你听我说！"

她飞快地说了起来，生怕莱尼会打断她。

"我出生在萨利纳斯，你知道吗？当我还是个小姑娘的时候，我看了一场巡回演出，和演出团的演员交上了朋友。他叫我跟着演出团走，说能让我过上好日子。尽管我父母不同意，我还是跟着他们走了。很多人都说我能当一名好演员，我在河岸舞厅认识的一个好莱坞演员也这么说。可是我等来等去，一点儿消息也没有。最后，我只能被迫嫁给科里。喂，大块头，你有没有在听我说话？"

"我在听。"

"谁会喜欢科里呢？我一点儿都不喜欢他。我本该过着一种完全不同的人生，有鲜花，有裙子，有各种各样的人给我拍照。可是瞧瞧现在吧，哼！"

她停了下来，门外传来了金属的碰撞声，随后是工人们欢呼的声音，那是工人们在玩马蹄铁。女人和莱尼面面相觑，没有说话。

"我得想想办法。"莱尼忽然说，"如果我把小狗的尸体藏起来，也许乔治就不知道了，也许他还会让我养兔子。"

"兔子，兔子！"女人烦躁地说，"你只知道兔子，不知道别的？你到底为什么这么喜欢兔子？"

"我喜欢柔软的东西。"莱尼回答，"兔子、小狗、老鼠……"

"我讨厌老鼠。"女人皱起了眉头，不过她很快又放松起来，"你喜欢柔软的东西，是不是？我也很喜欢。我经常抚摸丝绸和天鹅绒，还有我自己的头发。你摸摸看,我的头发非常柔软呢。"

莱尼小心翼翼地伸开巨大的手掌,抚摩着女人的头发。

"是的,很柔软!"他高兴地说,使劲摩挲起来。

"停下,停下,你这个大笨蛋!你扯疼我了!"女人尖叫起来,"住手,住手!"

莱尼慌了。他一只手紧紧地抓着女人的头发,另一只手一把捂住她的嘴。

"别叫!"他哀求道,"如果你的叫声把乔治招过来,那就完蛋了!他不知道我把小狗弄死了,他也不允许我跟你说话!"

女人激烈地抗争着,发出呜呜的闷叫声,可是她的力气太小,无法挣脱莱尼。她的眼睛里透出了绝望痛苦的光,歇斯底里地挣扎起来。

"别叫了,我说,别叫了!"莱尼也火了,他攥住女人的肩膀,两只大手使劲一晃。女人就再也没有发出一点儿声音,只是顺着干草堆软软地滑了下去。她再也不动了,她死了。

莱尼愣愣地看着她,试图跟她说话,可是女人没有一点儿反应,他试图让她动一动手,可是她的手渐渐冰凉。莱尼不知所措地抓挠着自己的头发。

"我又做错事了,我总是做错事……"

他慌乱地抓起干草,将女人的尸体掩埋在底下,就像他对小狗所做的那样。

"我得离开这儿,我得离开这儿……"莱尼喃喃地说,"躲到河边的灌木丛里去,是的,乔治是这样说的……"

莱尼抓起小狗的尸体，匆匆忙忙地弯着腰溜了出去。所有的工人都在兴高采烈地进行掷马蹄铁比赛，没有人注意到他。

牲口房里又恢复了往常的安静，日光照在新鲜的干草上，那女人静静地躺在草垛里。她的面容安详美丽，所有愤懑不平的神色都消失了，她仿佛年轻了好几岁，真是一个不折不扣的美人儿呢。她化着精致的妆容，脸色红润，看起来只是睡着了。

不知道过了多长时间，工人们嘈杂的交谈声再一次响起。坎迪踢踢踏踏地向着牲口房走来。

"莱尼？莱尼？你在这里吗？我要跟你说，我又想出了一个好主意，我们可以——"

坎迪刚说到一半，就看见地上躺着个女人，他局促地停住了脚步。

"我不知道，不知道你在这里。"他说，"你看到莱尼了吗？"

女人没有动，没有回答。坎迪诧异地又向前走了几步，这才看清了眼前的情况。

"哦，我的上帝啊，我的上帝！"他转身就跑出了牲口房。

坎迪用最短的时间找到了乔治，将他带到了牲口房。当乔治确认科里的妻子彻底死亡以后，他的脸色一下子变得惨白。

"是他干的。"乔治说，"尽管他总是做出这样的糊涂事，但他不是故意的。我们得想办法解决……我们得先找到他，是的，不然那可怜的家伙没办法在外面活下去……"

"我们必须瞒着科里。"坎迪慌慌张张地说，"科里会杀了莱尼的，其他人也会这么做的。乔治，我们还能买下一块田，好好过日子吗？

会好起来的，对不对？"

乔治没有回答，两个人同时陷入了沉默。

"都完了。"坎迪说。

"从一开始，这就是个不切实际的主意。我之所以说那么多，只是因为莱尼喜欢听。"乔治轻声说，他很快打起了精神，"听着，坎迪。我先回去，几分钟后你再到工人房将这件事告诉大家。但你不要说我也知道这件事，不然他们会怀疑我也参与了，明白吗？"

坎迪慌忙点了点头，两个人一前一后地离开了牲口房。很快，斯利姆、卡尔森、惠特和科里都闻讯赶来了，乔治跟在最后面。科里暴跳如雷，声称要用猎枪打破莱尼的肚子，斯利姆和乔治对视了一眼，他很快就明白了这件事情的来龙去脉。卡尔森嚷嚷着说，莱尼偷走了自己的鲁格手枪。所有人都打算动身去寻找莱尼，斯利姆叫住了坎迪，要求他留下来看管农场。

嘈杂的脚步声越来越小，人们的说话声也渐渐听不见了，坎迪躺进了干草里，慢慢闭上了眼睛。

"……我本来可以帮他们在菜园里干活儿。"他喃喃地说，"我们本来可以一起去看马戏，冬天时围着炉子取暖……"

第六章

傍晚时分,河边的灌木丛里多出了一个黑熊似的巨大身影,莱尼就在那里。他抱着双膝坐在沙地上,呆呆地盯着远处的山头。

"乔治会怎么想呢?"他喃喃自语。

"乔治会怎么想?嘿,你还不知道吗?"

脑海里的声音回答了莱尼的问题,他的脑子里窜出来两个形象,一个是他矮胖的克拉拉姨妈,一个是圆滚滚的兔子。

"你实在是太不懂事了,莱尼,你知道你给乔治带来了多少麻烦吗?"克拉拉姨妈用严厉的语气说。

"凭你也能养兔子吗?你这个蠢蛋。"兔子哧哧地笑了起来,"乔治早就应该丢下你!"

"乔治不会丢下我的,他不会这样做的。"莱尼剧烈地哆嗦着,他用双手捂着脸,呜呜咽咽地哭了起来,"哦,乔治,乔治——!"

"你这傻瓜,莱尼!"

乔治的声音响了起来，莱尼猛地抬起头，克拉拉姨妈和兔子的声音全都消失了，乔治不知道什么时候出现在了他面前，莱尼赶紧站了起来。

"别丢下我，乔治！我又做错事了，你又要骂我了——如果你不想让我烦你，我就到山里去，我会自己一个人待着的。"

"待在这儿吧。"乔治疲倦地说，"哪儿都别去。"

"再说说我们的事，好吗？"莱尼恳切地说，"说说其他人，说说我们。"

"其他人？"乔治说，"这世上有很多孤苦伶仃的可怜人，他们没有家人，没有朋友。可是——"

"可是我们有朋友！我们有彼此！"莱尼高兴地笑了起来。

"莱尼，为什么你能很快忘记刚发生的事情，但又能记住我说过的每一句话呢？"乔治捂着额头痛苦地说。

"乔治，我不知道，你别生气。"

天色暗了下来，一阵微风吹过，河水荡起了波浪，梧桐树叶响起了唰唰声，河边的柳树荡起了柔软的枝条。

"风很凉快，摘下帽子吹吹风吧。"乔治摘下自己的帽子说。

莱尼看了乔治一眼，学着他的样子摘下了帽子。

"莱尼，看着那边的山。"乔治的声音有些发抖，他从口袋里摸出一把枪，那是卡尔森的鲁格手枪。莱尼听话地转过头去，乔治盯着莱尼的后脑，慢慢拨开了保险栓，"我们就是要在那座山上买一块田，养一些猪，养母鸡和兔子……"

"我们还要种苜蓿喂兔子。"莱尼说,"我们什么时候去?"

"我们这就去。"乔治说,"在那只有我和你,你也不用担心会闯祸,没有一个人会妨碍我们……我们这就去。"

嘈杂的脚步声响了起来,乔治用手枪枪口抵住了莱尼的后脑勺,他强迫自己发抖的手平静下来,猛地扣动了扳机。莱尼的身躯应声扑倒,再也不动了。

乔治精神恍惚地坐在河边,手中的枪掉在了地上。斯利姆和其他工人闻声跑了过来。

"乔治!天哪!快来,在这儿!"斯利姆喊道。

科里冲过去检查莱尼的尸体,斯利姆则走到乔治身旁,拉着他站了起来。

"乔治,想开点儿,有时候我们别无选择。"斯利姆说,"回去吧,我们去喝一杯,我陪你喝。"

斯利姆和乔治的身影渐渐消失在了山间小路上,科里和卡尔森对视了一眼。

"你说,他们俩现在还在担心些什么呢?"卡尔森说。

珍　珠

　　墨蓝色的天空中，缀着点点星辰，星光急切地闪烁着，似乎在为即将到来的黎明而欢喜。大海的浅滩上堆积着形态各异的贝壳和凌乱的海藻，螃蟹和虾正奋力地在金黄色的沙滩上挖出适宜居住的巢穴，潮水拍打着白蓝相间的渔船，位于宽阔港湾上的小城拉巴斯即将在黎明中苏醒。

　　小城边的渔村里，公鸡很早之前就站在篱笆上朝着天边啼叫了，现在它的声音已经有些嘶哑，但依然无人理会。树枝上的小鸟已经梳理好羽毛，正拍打着翅膀唱歌，它们的歌声叫醒了正在熟睡的奇诺。

　　奇诺睁开眼睛看了看亮光透进来的地方，那是门，屋内此时还有些昏暗，然后他又看了看睡在吊篮里的儿子小狗子，儿子还在咬着手指熟睡，接着他转头看了看睡在枕边的妻子胡安娜，妻子的眼睫毛扇动了两下，便睁开了双眼，她起身后裹紧身上的蓝色披巾，光着脚走到了吊篮前看了看孩子，随后走到火炉前生火去了。

奇诺还没睡醒，于是他将毯子拉过鼻尖，又闭上了眼睛。屋外，潮水轻拍沙滩的声音闯入了奇诺的耳中，这声音如此美妙，温柔又清亮。奇诺很喜欢这些声音，他会把看到的、听到的、想到的一切变成歌曲，并把这些声音收藏进生活之歌中。

炉火已经燃烧起来了，胡安娜掰了一些细木枝放进炉子里。

奇诺用毯子裹住自己，穿着凉鞋坐到了门外。他看到海边的云朵已经被晨光染红，渔村里很多茅屋的屋顶都升起了炊烟。一只飞蛾从他眼前飞过，飞向了熊熊燃烧的火炉。他身后响起了磨盘磨玉米面的声音、轻轻拍打玉米饼的声音、平底锅烤饼子的声音，这些声音共同组成了一曲生活之歌。

很快，太阳跳出海平面，迸射出耀眼的红光。奇诺低下眼眸避开刺眼的阳光，看见一只瘦骨嶙峋的小黑狗夹着尾巴走了过来，趴在地上等待着他的抚摩，但他并没有理会。奇诺将裹在头上的毯子拉了下来，露出了棕色的脸庞和棕红色的头发，他的眼神有些凶狠，下巴上有一些短粗的胡须。

胡安娜已经做好了早餐，她将肩头的披巾围在胸前做成一个简易吊床，随后走到吊篮前把小狗子抱了起来，放到了这个小吊床里。

野鸽子成群飞向山林时，奇诺终于走进了屋内，坐在桌边开始吃早餐。胡安娜把小狗子放回了吊篮里，随后坐到床边梳起了辫子。

早餐过后，一束光从房顶的孔洞悄悄潜进房屋，照在了吊篮上，随之而来的，还有一只蝎子。

当奇诺和胡安娜发现那只蝎子时，蝎子已经顺着绳子快爬进吊篮

里了，屋里的气氛凝重起来，夫妻俩没人敢动。一首恶之歌在奇诺的脑海中响了起来，这是与生活之歌完全相对的一首歌，这代表危险和野蛮正在逼近。

蝎子还在继续向下爬，胡安娜不停地默念着祈祷语保佑自己的孩子，奇诺则调整呼吸，走到了吊篮旁。正在他准备伸手把蝎子拿走时，小狗子笑着摇动了绳子，蝎子掉进了吊篮里，并用蝎尾上的毒刺蜇了小狗子。奇诺连忙上前抓住蝎子，咆哮着将它丢到地上，使劲踩了几下。

小狗子在胡安娜怀中哭喊起来，胡安娜一边拍打着小狗子的后背安抚他，一边找着孩子身上的伤口。伤口在小狗子的肩上，胡安娜毫不犹豫地将嘴覆到伤口上吸了吸，然后又向地上吐出了混着蝎子毒液的黑血，在接下来的时间里，她一直重复着这两个动作。奇诺站在旁边不知所措，只能在屋内来回踱步。

小狗子的哭声引来了周围的村民，奇诺的哥哥托马斯和他的老婆阿帕罗妮亚最先到达奇诺的茅屋里，他们的四个孩子堵住了门口，其他围观的村民就只能站在门外，探着头向屋内看。小狗子被毒蝎蜇到的消息很快就在渔村里传了开来。

没过一会儿，孩子肩头的伤口就红肿起来，胡安娜停了下来，没有继续嘬吸。她意识到这样做是徒劳的，再耽误治疗，说不定孩子会中毒而死。这是她和奇诺的第一个孩子，她不能让小狗子出事。她转身对奇诺说："快去请医生！"

周围的村民开始七嘴八舌地讨论起来，这可是一件大事。那个生活在城里的医生绝对不会踏足这个贫穷的渔村半步，他只会为住在用石头和灰泥搭建的楼房里的富人看诊治病，毕竟事后他可以获得丰厚的酬劳。

从门口到院子里的人都异口同声地说："他不会来的。"

胡安娜抬头看着奇诺，坚定地说："那我们自己去找他。"

奇诺看着妻子坚毅的眼神，脑海中突然响起了一首用钢铁敲击出的生活之歌，这首歌催促着他们必须尽快进城。

村民赶紧给奇诺和抱着孩子的胡安娜让路，等他们一家走出去后，村民们也自发跟着奇诺一家踏上了进城的道路，整个队伍看起来人数众多且井然有序。金色的阳光将他们的影子按压在了地上，而他们的影子又在阳光里站了起来。

走过渔村的最后一间茅屋就进城了。由于那些富人们不太喜欢让别人看见自己的花园、喷泉、楼房，所以城里的房屋都用围墙围起来了。

胡安娜和奇诺身后的队伍太庞大了，十分引人注目。当他们经过广场和教堂时，围观的人听说了小狗子的事情，也纷纷走进了队伍。就连教堂前的乞丐也加入了队伍，不过他们不是为了帮忙，而是为了凑热闹。他们是城里专业的财务分析师，从胡安娜褪色的蓝裙子、有破洞的披巾和奇诺的毯子就可以分析出，这是一户穷苦人家。他们曾见识过医生的贪婪与残忍，他们很好奇那个无德的胖医生会不会救那个穷孩子。

很快，他们就来到了医生的宅邸，一扇巨大的门将他们隔在了外面。站在门外的人可以听到里面喷泉的声音，闻到里面煎肉的香气。

奇诺有些犹豫。奇诺和妻子都是印第安人，和这个医生并不是同一个种族，并且这两个种族之间一直都有矛盾。大约在四百年前，这个医生的先辈们曾带人侵占印第安人生活的土地，至今为止，这个医生所属的种族还会打压或鄙视印第安人。奇诺心里是矛盾的，他担心那个医生依旧保持着一副高高在上的样子，不肯救治小狗子，但出于对种族尊严的维护，他又不想对医生卑躬屈膝。

小狗子在胡安娜的怀中不安地哼着，奇诺脑海中再次响起了恶之歌。他咬了咬嘴唇，上前举起右手敲响了大门，又举起左手摘下了帽子。周围的人一起静静等待着，喷泉中水花飞溅的声音显得格外吵闹。

过了一会儿，有个仆人打开门缝儿问清了缘由，随后又关上了大门。

医生是个胖胖的男人，他肥胖的圆脸上有一双狡黠的小眼睛，此刻他正穿着奢华的红绸睡衣坐在柔软的大床上享用早餐。他的膝头放着一个银托盘，里面有一盘饼干，还有一个盛着热巧克力的银壶和一个瓷杯。当他提起银壶向瓷杯里面倒热巧克力时，仆人进来向他通报，说门口有一个印第安人带着被蝎子蜇伤的孩子来求救。

医生掰了一块饼干后说："我是个医生，不是兽医，没那么多时间给'小印第安人'诊治。算了，就当我好心，可我也不白救人，你问问他们有钱吗？"

仆人再一次拉开了门缝儿，按照医生的指令询问。奇诺从身上的毯子下摸索了一会儿，拿出一个包了很多层纸的物件递给仆人，里面是八颗不太圆润且光泽黯淡的小珍珠。

这次那个仆人很快就回来了，他将纸包递了回来，用医生刚好出门看急诊的借口将奇诺打发了。为了维护一个父亲的尊严，周围的人都散开了。奇诺和妻子在门口站了很久，离开之前他戴上了帽子，使劲捶了医生的大门一拳，指关节上都渗着血。

太阳依旧平静地照耀着小城，海面上升起了朦胧的海市蜃楼。由于海上的天气变幻无常，很多未知的事物都会藏在迷雾和海水中，所以渔村里的人们从不信任用眼睛看到的东西，他们都是凭借直觉去想象眼前的东西。即使面对如梦幻般不真实的海市蜃楼，他们也并不会觉得奇怪。

沙滩上游荡着许多饥饿的猪和狗，它们来自城里，打算找点儿死鱼虾和海草填满肚子。沙滩边停靠着像月牙一样的渔船，虽然那些船身上涂着大大小小的胶泥补丁，看起来饱经风霜，但这些渔船十分耐用。

奇诺和胡安娜想要出海采珍珠换点儿医药费，他们走到沙滩上，解开船绳推动了自己家的渔船。小狗子已经没有力气哼出声音了，他身上的蝎毒已经沿着脖子扩散到了耳朵后面，他的脖子和脸红肿一片。胡安娜从浅水区里摘了一些褐色的海草，嚼碎以后敷在孩子的肩膀上。这是穷人治病的土方法，她想试试看有没有用。

奇诺和妻子一起划桨来到海上一个被废弃的养贝场，这里的海底有很多珠母。奇诺的船上有两根绳子，一根绳子系在大石头上，一根绳子系在篮子上。石头是为了下潜时增加重量，篮子则是用来放珠母的。

奇诺下潜到水里后，水声以及气泡声在他脑海中融成了一首关于大海的生活之歌，那歌声明朗而柔和。奇诺在海底摸索了很久，他将捡到的珠母一个个小心地放进篮子里。每次下潜只可以停留两分钟，奇诺只能争分夺秒地挑选着大的珠母。多次下潜后，他终于在一块突出的礁石后面找到了一个非常大的老珠母。

奇诺上船后，他和妻子都满怀期待地看着这个老珠母。为了不让获得老珠母的这份幸运消失，他们一致决定最后再打开它。奇诺用短刀先剖开了船上的小珠母，直到小珠母都剖完了，也没有找到值钱的珍珠。奇诺只好抱着最后一丝希望准备打开老珠母，他将刀口伸进珠母的壳里一插一撬一划，珠母肉里露出一颗海鸥蛋一般大的珍珠，它的光泽就像月亮一样柔白美丽。虽然奇诺手指上的伤口已经被海水泡得泛白了，但现在他感觉不到任何疼痛，他颤抖着双手捧起了那颗珍珠，脑海中响起了一首关于珍珠的生活之歌。

胡安娜高兴地看了看珍珠，又看了看躺在船上的小狗子，她意外地发现孩子身上的红肿已经消退了，于是大声喊着奇诺。

奇诺看到孩子好了起来，激动得无以言表。他握紧了手中的珍珠，仰头向天号叫起来，他试图喊醒自己，告诉自己这并不是像海市蜃楼一般的幻象，一切都是真实存在的。

周边的渔民以为他们需要帮助，赶紧划动双桨朝奇诺的小船靠了过来。

城市就像一个生命集合体，每一个人都是它的神经末梢。奇诺的渔船还没靠岸，他获得一颗罕见大珍珠的事情已经传遍了整个小城。听到这个消息后，渔村村民好奇地猜测奇诺运气好的原因；医生决定救治奇诺的孩子；教堂里的神父想起自己的教堂需要一笔修葺费；教堂前的乞丐想到一个暴富的穷人将会是最慷慨的施舍者；珍珠铺子里面的珍珠商人蠢蠢欲动，准备收购那颗大珍珠以讨好珍珠交易中心幕后唯一的大主顾。

人们一想到奇诺，就想到了他手里的大珍珠。所有人都知道那颗珍珠属于奇诺，但有一些野心家偏偏对那颗珍珠抱有幻想，他们将那颗珍珠视为自己的所有物，计划着该如何运用珍珠换来巨大的财富。城市里开始弥漫着一种比蝎毒更加厉害的毒液，它的名字叫贪婪。

当天傍晚，奇诺家里再次挤满了村民。

托马斯问奇诺："弟弟，如果这颗珍珠可以换一笔巨款，那你想做什么呢？"

奇诺正将珍珠举在手中仔细地看着，从珍珠里可以看到胡安娜模糊的身影，他说："我想为妻子补办一场盛大的婚礼。"

奇诺停顿了一下，他仿佛从珍珠里看到了许多关于未来的幻象，他和妻子在教堂举行了盛大的婚礼，他们一家三口过上了富足的生活。

那首关于珍珠的生活之歌越来越响亮，奇诺在珍珠里看到了自己模糊的脸。"也许我还可以拥有一支来复枪。"他微笑着继续说，"我要让我的儿子上学，这样的话，知识就可以改变我们家的现状，我们就能得到自由。"说完后，奇诺立即用手遮住了珍珠的光芒，他突然有些惧怕自己的贪心永无止境。

村民们一直在静静地听着奇诺说着那些还没发生的事情，无论这些事将来是否会实现，村民们总是得意的，因为他们见证了那些事情开始的这一刻。

已经到了晚饭时间，村民们还舍不得离开。夕阳下沉后，屋内也一点点黑了起来，胡安娜点燃了炉火，墙上"挤满"了人影。

这时，人群突然让出了一条道儿，一个头发花白的神父出现在了人群中。一首旋律诡异的恶之歌悄悄地钻进了奇诺的耳中。

"奇诺，你的名字和一个征服沙漠的英雄一样，你应该为这个伟大的名字感到骄傲。我听说你有一颗大珍珠，我能看一看吗？"

奇诺伸出手给神父看了看，神父在看到那颗珍珠时惊叹了一声，随后他继续说："希望你们记得这是上帝赐给你的珍珠，并感谢他的恩赐。"

奇诺点了点头，随后神父转身离开了，村民也陆续离开了奇诺家。恶之歌和生活之歌交织在奇诺脑海里高声对唱着，他警惕地看了看四周，把手中的珍珠握得更紧了。为了实现刚刚所说的那些事，奇诺必须提前感知到周围的危险，避免幸运之神的眷顾被一点点消耗完。

胡安娜准备晚餐时，早上给奇诺传递消息的那个仆人提着手灯出现在门前，接着一个胖男人也走了过来。奇诺知道那个胖男人就是医生，顿时，他觉得自己胸口升起了一股怒火，手指上已经结痂的伤口隐隐作痛。

"今天早上我出诊去了，现在才休息。我听到孩子被蜇的消息，就匆匆赶来你家看孩子了。"医生面不改色地说。

"孩子已经没事了。"奇诺不屑地说。

"我的朋友，被蝎子蜇伤不是小事，可能会有余毒，说不定突然就复发了呢？万一孩子变成盲人或者……"医生没有说完这句话，而是微笑着拍了拍自己的黑色手提包，"相信我，我了解蝎毒应该怎么治，我会治好你的孩子。"

奇诺不敢拿孩子的健康冒险，于是他让医生踏进了家门。胡安娜看到奇诺向自己点了点头，她才慢慢地把小狗子放到医生怀中。

医生看了看孩子肩上的伤口，然后又扒了扒孩子的眼皮，他点点头说："就像我刚刚预料的那样，余毒已经扩散了，孩子的眼睑是蓝色的。"

奇诺和胡安娜顺着医生手指的地方看了过去，小狗子的眼睑确实有点儿蓝，但他们无法判断这是否与蝎毒有关。

医生表示自己可以治好孩子，于是他将孩子递给了奇诺，从皮包里取出了一粒装着白色粉末的胶囊，然后扒开了孩子的嘴巴，不顾孩子的挣扎将胶囊向孩子的舌根处塞了进去，并给孩子喂了一点儿水。接着他再次看了看孩子的眼睑说："这粒药只能抑制毒发，一个小时后，余毒还会继续扩散。你们不用担心，一个小时后我会再来。"说完后他深吸了一口气，带着仆人离开了茅屋。

奇诺发现自己手里还拿着珍珠，就找了一块破布将珍珠包起来，然后在茅屋的一角挖了一个坑埋了起来。屋子里只有木柴燃烧的声音，奇诺走到胡安娜身边坐了下来，和妻子一起照看孩子。

吃完晚餐后，奇诺正在卷纸烟时，胡安娜突然大喊了一声，他赶紧放下纸烟跑到妻子面前。妻子怀中的小狗子脸颊通红，他的腹部开始发生痉挛，嘴角流出了一些呕吐物。胡安娜赶紧将孩子翻转过来，轻轻拍着他的后背，孩子开始不断地呕吐起来。那首恶之歌的旋律再次在奇诺耳边响了起来，他怀疑这一切与那粒胶囊有关，但他又不敢确定。

过了一会儿,那个医生果然来了。他从皮包中拿出了另一种药,放到水里给孩子灌了下去,孩子一边推搡,一边哭喊,最终,哭喊声变成了"咕噜噜"的喝水声。

很快,小狗子就停止了呕吐。在胡安娜的安抚下,小狗子渐渐安静下来,睡着了。

医生和蔼地对奇诺说:"这世上就没有我治不好的伤病,你打算怎么支付我医治孩子的酬劳?"

"明天卖掉珍珠以后我会支付的。"奇诺绷着脸回答道。

医生耸耸肩膀说:"你不如直接把那颗珍珠给我。如果在你卖出去之前,珍珠被偷了,那就太让人难过了。"奇诺回绝了医生的建议,并且向茅屋的一角看了看。

医生走后,奇诺将珍珠挖出来,重新在床下挖了一个洞,再次将珍珠藏了起来。

胡安娜好奇地问:"你担心谁会来偷走它吗?"

"是的,我担心所有人都想偷走它。"奇诺的脑海中一直循环着那首恶之歌,不安的氛围填满了整个茅屋。

深夜时,有人悄悄潜进了奇诺家,准备偷珍珠。奇诺和胡安娜虽然睡下了,却听到了脚步声以及挖土声。奇诺在黑暗中与那个人搏斗了一番,最终还是让那个小偷溜走了,奇诺的额头还被小偷砸破了。

小偷走后,胡安娜赶紧点起炉火。当火燃起来时,胡安娜看到奇诺的伤口处不断流出红色的液体,她急忙扯下肩上的披巾为丈夫擦拭着脸上的血迹。

胡安娜有些害怕,她用颤抖的声音对奇诺说:"这颗珍珠会给我们带来厄运的。"她的声音突然尖厉起来,"把它丢回海里去!或者把它砸碎!它会毁了一切的!"

奇诺的眼神里透着一种坚定,他说:"不行!我们的儿子一定要上学。"

第二天很快就到来了,奇诺要卖珍珠的消息不胫而走。

吃完早餐后,胡安娜给小狗子换上了一件新衣服,自己则换上了结婚时的裙子,奇诺也换上了一件干净的白衣服。等他们打扮好出门时,发现村民们已经早早聚集在村口等待着他们一家了。村民们想要看看这颗珍珠变成一堆银钱的样子,更想看看奇诺变成富翁的样子。

就像前一天一样,奇诺一家又带着一群村民浩浩荡荡地进了城。当队伍经过教堂和街巷时,乞丐、行人、杂货店老板也纷纷加入了队伍。

路途中,托马斯一直在提醒奇诺:"弟弟,那些商人很狡猾,你要小心点儿,别被他们骗了。"

珍珠交易中心的商人们都认为,一个优秀的珍珠商人,就是要学会降低购买珍珠的成本,从而获得高额利润。这样做既可以低价获得好珍珠,还可以获得幕后大主顾的佣金,这么两全其美的事情简直好极了。当奇诺一行人即将走进珍珠交易中心时,商人们紧张起来了,他们拿着一些无关紧要的票据假装忙碌着。

有一间珍珠铺子的老板在花瓶里插了一朵红色木槿花,他还专门为奇诺的大珍珠准备了一个铺着黑色天鹅绒布的托盘。此时他正坐在桌前，拿着一个硬币在右手手指上翻转，等待着奇诺的到来。

当奇诺出现在店铺门口时，那个老板立马微笑着说："早上好呀！我的朋友，您想看点儿什么吗？"

"我要卖一颗罕见的好珍珠。"奇诺一边说，一边打量着这个店铺。

"我见过很多珍珠，你先把珍珠拿出来，我看看它是否值钱。"老板手中翻转硬币的速度快了起来。

奇诺缓缓地从口袋中取出珍珠，然后放进桌上的托盘里。看到珍珠的那一刻，老板手中的硬币掉到了膝盖上，他忍住了心底的激动，将那颗珍珠看了看，又摸了摸。

珍珠交易市场里一片寂静，所有人都屏住呼吸等待着老板估价。

过了一会儿，那个老板嘴角一提，露出了轻蔑的笑容，随后将大珍珠扔回托盘。他耸耸肩膀对奇诺说："我的朋友，要让你失望了。这颗珍珠太大了，没有一点儿实用性，没人会想买它，它最多只值一千比索①，也许只有博物馆想把这个物件和那些廉价的贝壳一起摆在橱窗里。"

奇诺的脑海中响起了恶之歌的声音，他生气地说："胡说！这是一颗价值不菲的珍珠。你就是想骗我。"

那个老板听到周围的人发出了谴责的声音，于是安慰奇诺道："别生气，我一个人说的话确实没有说服力。我把其他铺子专业鉴定珍珠的老板叫来，一起帮您看看。"说完他就吩咐店员去请人，等待的过程中，他的目光就没有离开过桌上那颗珍珠。

---

①墨西哥比索，墨西哥流通货币。

很快，人群中走出了三个珍珠商，他们拿起珍珠又捏又看后，便开始陈述自己的观点。

第一个骨瘦如柴的珍珠商说："这颗珍珠长得很奇怪，我是不会收购这样的珍珠的。"

第二个矮个子珍珠商说："这颗珍珠捏起来很软，过几个月就会失去光泽，变成碎石。"

第三个珍珠商说："我有个主顾喜欢收集各种各样的珍珠。我愿意出五百比索收购这颗珍珠。"

听到这些话，奇诺立马将珍珠包好放回了口袋里，他对那四个珍珠商激动地喊："你们都是骗子，我要把这颗珍珠带到首都去卖。"

四个珍珠商互相看了看，他们知道不能把奇诺逼得太急，如果搞砸了这桩大买卖，那位大主顾会惩罚他们的。转硬币的那个老板急忙说："我再加五百比索，行吗？"

奇诺气冲冲地走出人群，胡安娜抱着孩子紧跟在后面。周围的人开始激烈地讨论起来，珍珠交易市场瞬间人声鼎沸。

奇诺其实很害怕离开拉巴斯去一个陌生的城市，但他现在无计可施。

晚饭时，胡安娜又做了玉米饼，这是这个家一日三餐唯一的食物。

作为哥哥，托马斯为奇诺要去首都的决定感到担忧，于是他在晚饭后踏进了奇诺的茅草屋。他在弟弟身边蹲下后，说："我知道你很生气，但你需要考虑清楚。尽管我们一生都在受骗，但我们还是安然无恙地活到了现在。现在站在你对面的敌人，不仅仅是那些珍珠商人，还有这个社会的制度和生活方式。"

"不就是去首都嘛,路上饿几天也没关系的。"奇诺说。

"弟弟,你得想长远一些,就算这颗珍珠能卖上好价钱,但你能保证在首都就不会遇到骗子吗?这里有我和你的朋友可以站在你的身后,但你到首都就得独自面对那些豺狼似的人了。"

"我是不会改变决定的。无论怎样,我都要把小狗子送进学校。"

托马斯叹了一口气说:"愿上帝保佑你。"说完他就转身离开了。

托马斯走后,奇诺就一直低着头沉思,胡安娜知道他很沮丧,但只能在一旁担忧地看着他。

那天晚上,又有一个小偷伺机进到奇诺家翻找那颗珍珠,奇诺再一次被打伤了,他和胡安娜都没有看清那个小偷的长相,也没有抓住他。

胡安娜一边给丈夫处理伤口,一边恳求他丢了那颗珍珠。

奇诺并没有听妻子的劝告,接二连三的糟糕事反而让他更加坚定了通过这颗珍珠改变现状的信念。他对妻子说:"我是个男人,你要相信我能解决这一切!明天一早我们就离开拉巴斯,乘船到首都去。我们先睡觉吧。"

胡安娜沉默了,她知道奇诺一旦做出决定,事情就无法改变了。

半夜,朦胧的月光从茅屋的漏洞里照进屋内。奇诺听到妻子从身旁爬起来的声音,他立即睁开眼睛,只见她走到炉灶边,小心地搬开灶台上的石头,然后她在小狗子的吊篮前站了一会儿,就立马开门跑出了门外。奇诺生气极了,他立马从床上爬了起来,追着妻子出门去了。

胡安娜一路穿过树丛，跌跌绊绊地跑到海边。当她准备将手中的珍珠扔出去时，奇诺上前一步将珍珠抢了过来，推倒了她，还踢了她一脚。胡安娜震惊地看着奇诺，她觉得此刻的丈夫就像一条露出毒牙的蛇，他已经完全失去了理智。潮水打湿了胡安娜的衣裙，她却没有站起来，她已经做好了任凭丈夫处置的准备。

此时，奇诺身后的树丛里传来了脚步声，他立刻拔出了随身携带的短刀追着一个黑影跑进了树丛。

胡安娜挣扎着从海滩上爬起来，跪在原地缓了一会儿，才勉强站起身。她担心奇诺出事，于是朝着奇诺消失的方向追了过去。树丛中有浅浅的月光穿过，在矮树丛旁的小路上，那颗珍珠正在一块石头旁闪着银光，胡安娜把它捡了起来。就在她犹豫要不要把珍珠继续丢回海里时，她看到了躺在小路上的两道黑影，便赶紧上前查看情况。奇诺正躺在地上喃喃自语着，他用一只手捂着胳膊，两条腿正在地上微微蹬着。他的身边仰面躺着一个陌生人，那人已经没了呼吸。

胡安娜明白一切都无法挽回了，她想丢珍珠就是为了让家里的生活恢复往日的平静，但现在她除了忘记过去和接受现实，已经没有其他方法了。她强迫自己镇定下来，处理好眼前的事。她先将那个陌生人拖到矮树丛中，然后用湿裙摆给奇诺擦了脸，试图唤回奇诺的理智。

很快，奇诺就清醒了，他说："他们把珍珠抢走了，我们的未来也没有了。"

胡安娜摊开手掌说："珍珠在这儿，那个抢珍珠的人被你杀死了，我们要在天亮前赶快逃走，不然你一定会被抓走的。"

"他扑上来打我,我为了自保才出手的。"奇诺解释道。

"城里那些人不会听你解释的,他们现在正希望你出事,好抢走珍珠。"

"你说得对。你回去抱小狗子,再装好我们所有的玉米带到海滩那儿,我去把船推下水,然后我们就离开这里。"

胡安娜脚步匆匆向家里赶,奇诺捡起地上的刀走向了沙滩。

当奇诺走到自家的渔船面前时,突然发现船底被人砸了一个大窟窿,愤怒之火在他心里熊熊燃烧,恶之歌在夜空中不断回荡。奇诺的渔船是他的祖父留给他的,历经大风大浪都没坏,却坏在了一场抢夺珍珠的阴谋里。砸坏渔船是一种很隐晦的罪恶,渔船不会疼痛,它没有亲人,也不会反抗,砸破的地方也不会结痂愈合。对于靠大海生存的渔民来说,没了渔船等于切断了这个渔民和他家人的生路。奇诺觉得自己已经变成为生存而战的动物,他心中的愤怒、悲伤就像藤蔓一样蜿蜒生长着。

奇诺绝不可能向别人借船,他也绝不会想到向别人借船,他明白一艘船对于一个家庭的重要性。此刻,奇诺已经感受不到身上的疼痛了。理智告诉他,有一群人正在虎视眈眈。他没有多余的时间来消化心中的情绪,于是他快速地朝着家的方向跑了起来。

黎明将至,公鸡如往常一样向着天边啼叫,小鸟在树枝上焦躁不安地跳跃着,月光已经黯淡,一阵狂风猛烈地吹进了港湾,不安的气氛逐渐在小渔村弥漫开来。

快要接近自己的茅屋时,奇诺莫名感到了一阵激动。他伸手摸了摸藏在衣服里的大珍珠，然后又拿出了随身携带的刀，他现在除与那些藏在暗处的人拼死搏斗，也没有其他好办法了。

突然，他听到了村民的呼喊声，接着是一阵"噼噼啪啪"的响声，他看到橙红色的火光正在吞噬自己的茅草屋。他加快脚步跑起来，与一个急匆匆跑过来的人碰到了一起——是抱着小狗子的胡安娜。小狗子受到了惊吓，正在张着嘴大声哭着，胡安娜的眼神里满是恐惧和悲伤。奇诺已经明白发生了什么，但胡安娜还是向他详细说明了情况："我们的房子被烧毁了，我刚走进茅屋时，他们就在门外点火，我只好先把孩子救出来。我看到屋内的地面被挖了，小狗子的吊篮都被掀翻了，我猜他们应该是先把屋子翻找了一遍。"

茅屋上的火光照红了奇诺的脸，他问："他们是谁？"

"不知道，我只能看到一群黑影。"

奇诺的邻居们都从家里跑了出来，因为他们担心自己的茅屋也被烧毁，所以想尽办法灭火。看着眼前的火光，奇诺突然想到了树丛中那个死去的陌生人，他有些害怕这样的光亮，一种孤立无援的感受悄悄钻入了心里。沉思片刻后，他想到了自己的哥哥托马斯。

奇诺拉着胡安娜远离了火光，沿着黑暗僻静的小路跑到了托马斯家。托马斯家空无一人，透过茅屋的缝隙可以看到奇诺家那冲天的火光，村民们以为奇诺一家还在里面，正站在着火的茅屋附近呼喊着奇诺和胡安娜的名字。屋顶坍塌后，大火也渐渐熄灭了。托马斯的妻子阿帕罗妮亚发出了尖锐的哭喊声，以此表示对奇诺一家遇难的哀悼。

在当地，亲人去世，一定要穿戴体面的服饰，以示对亲人的尊敬。

阿帕罗妮亚发现自己的披巾太过破旧，于是就回家去找自己的好披巾。当她在箱子里胡乱翻找时，奇诺突然出现在了她身后，他压低声音说："阿帕罗妮亚，我们还活着。你快去找我哥哥，悄悄把他带回来。"

阿帕罗妮亚又惊又喜，她说："好，我这就去。"

过了一会儿，托马斯回来了，他庆幸奇诺一家还活着，他急切地问奇诺："你们昨晚去哪儿了？"

"我们在树丛那里，我和一个潜入我家的陌生人打了一架，后来我迫不得已杀了那个人。"

"这都是那颗珍珠惹出的祸端，不如卖掉它，来换取平静的生活吧。"

"哥哥，为了这颗珍珠我已经失去了太多，我的房子、渔船，树丛里那个死去的人意味着我还将失去自由和光明。现在我和我家人的性命也屡屡受到威胁，我已经没有退路了，珍珠已经变成了我们唯一的希望。你先让我们在你这里躲一天吧！"奇诺注视着哥哥，他看到了哥哥眼中的犹豫，"今夜我们就往北方去，绝不给你们添麻烦。"

"好，就让我来保护你们吧。"托马斯转头又向妻子喊道，"阿帕罗妮亚，你把门关好，守在家里，对外我会说你悲伤过度生病了。"

村民们正在茅屋的废墟之中寻找奇诺一家的尸骸，托马斯必须在人群中周旋，这样奇诺一家才有活下来的机会。每当有村民向他询问时，他就说着自己对奇诺一家下落的各种推测。与此同时，他也在为奇诺一家出逃做准备，他从其他村民家里借了一些食物给奇诺带上，还给了奇诺一把农用的长刀。

月亮还没升上天空的时候，奇诺一家就离开了渔村。临行前托马斯再次劝说奇诺放弃那颗珍珠，但奇诺说："我的灵魂已经与珍珠合二为一了，我不能没有灵魂。"

狂风带走了地上的落叶、沙子和小石头，同时也带走了奇诺一家的脚印。奇诺一家趁着夜色走到了拉巴斯的边缘地带，他们准备一路向北到达洛莱托。当狂风停止时，他们就沿着路上的车辙印走。珍珠守卫战还没有结束，他们必须保持高度警惕，避开人群，隐藏行踪。

他们走了整整一夜，中途小狗子哭闹过一次，胡安娜给小狗子喂了奶，小狗子就睡着了。关于珍珠的生活之歌重新在奇诺的脑海里响了起来，那声音轻快而美妙。

早晨，他们在路边找了一个被树木遮蔽的隐秘地方休息。胡安娜给孩子喂奶时，奇诺就拿着树枝把留在附近的脚印清扫掉。吃过东西后，胡安娜就带着孩子在树下睡着了。

中午太阳升起时，树林中散发着浓浓的树胶味道。胡安娜睁开眼后发现奇诺并没有睡，她问："你觉得他们还会追来吗？"

"会的。"奇诺说，"珍珠还在我这里。"

"也许正如珍珠商人所说，这颗珍珠并不值钱。"

"不，恰恰相反，就是因为这颗珍珠很值钱，所以那些人才想尽一切办法想要得到它。"奇诺拿出珍珠看了看，曾经在珍珠中看到的幸福生活的场景，此刻却被恐怖的景象取代了，他从珍珠里看到了那个死去的陌生人，看到了受伤的妻子和发高烧的小狗子。他立刻收起了珍珠，恶之歌也重新响了起来。

胡安娜抱着孩子静静坐着，奇诺用帽子盖住眼睛沉沉睡了过去。过了好久，奇诺突然大喊大叫，挥舞着手臂从噩梦中惊醒了，他睁大眼睛，快速地呼吸着，过了很久才恢复清醒。

"你做噩梦了？"胡安娜问。

"应该是。"奇诺不安地回答道。他接过妻子递来的玉米饼，慢慢地咀嚼着。当小狗子"咯咯"笑起来时，奇诺突然说："让小狗子别出声。"

奇诺侧耳仔细听了听，然后弯腰走到路边，藏在一棵大树后面。他扒开树枝看到大路上有三个穿着白衣服的人，其中有一个人骑着马，他用毯子遮住了半张脸，马鞍上横放着一支来复枪，另外两个人徒步前进，他们走两步就停下来仔细查看地面，然后再继续前进。

根据他们的行为和动作，奇诺可以判断出来，这三个人是资深的猎户，现在受雇于人，正在追踪他们一家的踪迹。追踪者更近了，坐在隐蔽处的胡安娜也听到了马蹄声。当小狗子想要咿呀说话时，她就给他喂奶，这样他就能安静下来。

奇诺弯腰倒退着离开了路边，根本来不及掩盖自己在大树下弄断的树枝和脚印，他焦急地赶回胡安娜身边。

"有追踪者，他们一定会抓住我们的，我看到他们正在来回搜索我们的痕迹。"奇诺的眼神变得悲伤起来，"你们先走！珍珠在我这里，让他们来抓我吧！"

胡安娜站到奇诺面前，拉着他的手臂说："一起走！难道他们拿走珍珠就会让你活下来吗？难道他们会放过我和孩子吗？"

胡安娜的话让奇诺又重新振作起来，他的眼神又变得坚定起来。

"好，那我们躲进西边的山里去。"奇诺说完就匆忙收拾好东西，拿起那把大刀在前面开路。

当他们从刚刚休息的树丛中跑出来时，太阳已经斜挂在天上。现在他们到了一座缺水的石山上，这里的植被只有成片的灌木丛和仙人掌，到处都是裸露的岩石，越往前走，石头就越大。中途他们躲藏在一块大岩石下喝了点儿水又继续前进。尽管胡安娜的脚被碎石割伤了，但她还是一直紧跟在奇诺身后。从胡安娜的眼神中看不到任何害怕与犹豫，这给了奇诺很大的鼓励。

太阳继续向山边移动，这时他们爬到了石山顶部。他们发现不远处有一座有溪流的灰岩山，溪水顺着山中的裂口流到了一个小水池中，周边生长着野葡萄藤和孔雀草。太阳落山后，奇诺和胡安娜才翻过石山，爬到了灰岩山的山坡上，等走到小水池时，他们已经精疲力竭了。胡安娜瘫跪在水池边，给孩子擦了擦脸，喂了水，然后她将水瓶装满水，开始给孩子喂奶。奇诺则直接俯身在水池边喝水，喝够了就翻身往地上一躺，喘着气休息了一会儿。

休息后，奇诺走到水池的石阶边探查着周边的动静，他看到那三个人已经追到了山坡下面。奇诺估计，黄昏前他们就会追上来。他仰头看了看流淌着溪水的大裂口，在三十尺高的裂口附近，有一排因风力腐蚀而形成的岩洞。奇诺沿着又长又陡的裂口爬了上去，找到了一个隐蔽的大岩洞，没有人能看见这里藏着人。

很快，奇诺原路返回，拉着胡安娜爬到了岩洞里，随后又回到水边胡乱扯断了一些孔雀草和野葡萄，这样做是为了扰乱那三个人的搜索方向。做好这一切，他又爬回了岩洞。

"让小狗子不要哭闹。等他们走后，我们再回到低处去。"奇诺说。

"他明白。"胡安娜把小狗子举到眼前，严肃地盯着他，他也严肃地盯着自己的母亲。

由于附近的山路十分难走，马儿无法爬上陡峭的山坡，所以那三个追踪者黄昏以后才徒步到达水池边。他们喝了几口水后就开始侦察奇诺一家的行进路线，奇诺扯断的植被通往高处的悬崖，在他们看向悬崖时，就已经被奇诺留下的信息误导了。那个拿着来复枪的人坐在附近的沙地上休息，另外两个人则坐在他的旁边，他们抽了烟，吃了晚餐，便准备在原地休息。

黑暗降临了，岩洞中一片漆黑，胡安娜在哄着小狗子，不让他发出声音。奇诺一直在盯着岩洞下面的沙地，沙地上有人擦亮了一根火柴，奇诺在火柴点燃的一刹那，看到拿枪的那个人在守夜，另外两个人在睡觉。

奇诺挪到胡安娜身边，压低声音对她说："在月亮出来之前，我去偷袭那个带着枪的人，只要解决了他，另外两个人就不用担心了。"

胡安娜把手从披巾下伸出来，拉住奇诺说："不行，你的白衣服太显眼了，他们一定会看到你的。"

奇诺知道这样做很危险，他本想安慰胡安娜，但又找不到合适的话，于是他说："如果我死了，你带着小狗子在这里躲好，等他们走后你再一路向北到洛莱托去。"

胡安娜握着奇诺的手微微颤抖着，奇诺拍拍她的手说："不这样做的话，他们明早就会找到我们。"接着他摸了摸小狗子和胡安娜的脸，脱下白衣，拿着大刀离开了岩洞。

胡安娜挪到洞口静静地看着奇诺消失在夜色中，小狗子正在她的背上熟睡，她可以感受到孩子呼出的热气。

奇诺像一只蜥蜴一样慢慢地移动着，他不仅要注意别让自己背上的大刀碰到岩石发出声响，还要注意脚下的石头是否会滚动，他只能靠深呼吸让自己保持镇定。溪水旁的雨蛙正在欢快地歌唱，蝉的鸣叫声在山上的裂口间回响，生活之歌正在驱使着奇诺勇敢地向敌人进攻。

天边一抹淡淡的白光正试图撕破黑暗。岩洞中的女人正握紧双手祈祷着，一个裸露着棕色皮肤的男人正贴着石壁缓缓爬下山崖，沙地上的守夜人正在抽烟，烟头的红光忽明忽灭。

由于石壁上的石头太过光滑，所以奇诺光着脚踩在石块上。他用脚趾试探着可以立足的地方，当一只光脚稳稳地攀住石头，脚趾紧紧地扣住石面时，另一只脚才小心翼翼地移动几寸，随后一只手掌微微向下探，找到合适的着力点后，另一只手才随之挪动。他的动作又轻又缓，守夜人丝毫没有察觉。

很久之后，奇诺才爬下山崖，他浑身是汗，心脏怦怦直跳。此刻，他正躲在距离守夜人二十尺的一棵棕榈树后面。奇诺解开身上的绳扣，将大刀拿在手中，蹑手蹑脚地向守夜人的方向挪去。

奇诺必须打倒那个守夜人，这场珍珠抢夺战才有可能停息。如果这场战争他打赢了，那么他会尽快卖掉那颗带来厄运的珍珠。这样的话，就会远离充满饥饿贫穷的生活，舒适富裕的生活将会到来，小狗子将会去上学，成为一个受人尊敬且学识渊博的人。那些鄙视和嘲讽他们的人将对他们以礼相待，那些欺骗和伤害他们的人将受到批判或惩罚。奇诺根本不敢想，如果这场战争失败，他们一家将会付出怎样的代价。此时此刻，他比任何人都清楚成败意味着什么。生活之歌的旋律变得铿锵有力，重重地敲打着奇诺的耳膜。

奇诺离追踪者越来越近了，由于紧张，他的腿脚已经微微发抖。他看到月亮已经从地平线上露了出来，于是立刻躲在了矮树丛中。

奇诺等待着那个守夜人松懈的瞬间。时间紧迫，在月光洒向大地之前，他必须解决所有事情。

突然，上面的岩洞里传来了微弱的哭声，惊醒了睡觉的那两个人，同时引起了那个守夜人的警觉。

"什么声音？"一个刚睡醒的追踪者问。

"听上去像是小孩子的哭声。"守夜人回答。

"也许是小野狗的叫声呢？"另一个追踪者问。

"既然是野狗，那么就让我消灭它吧。"守夜人一边说着，一边把手放在了扳机上，他举起枪，瞄准了岩洞那边。

奇诺在守夜人举枪时跳了起来，他准备拦住这一枪，但终究迟了一步。一声枪响过后，山腰的那个岩洞里传来了一个女人歇斯底里的哭声。

死亡之歌在奇诺的脑海中唱响。他将大刀对准了守夜人的胸膛，随后他将刀尖对准了身后的一个追踪者，出刀和拔刀的动作轻快而有力。第三个人吓得连滚带爬地跑了，奇诺从地上捡起那把来复枪，将枪口对准了第三个人。第三个人倒下后，岩洞那边传来的哭声更加清晰了。

某天傍晚，夕阳金色的余晖洒满了拉巴斯，街道上的孩子们急匆匆地跑着，他们大声地告诉人们奇诺和胡安娜回到拉巴斯的消息。那天，拉巴斯的人都看到了奇诺和胡安娜回来的场景。他们并肩从橙红色的夕阳中走出来，脚下的影子被夕阳拉扯得干干瘦瘦。奇诺的胳膊上挂着一支来复枪，胡安娜胸前的披巾里揣着一个软绵绵的东西，披巾上面还有干涸的褐色血迹。虽然他们整个人尽显疲态，但人们依然能看出来，他们的脸上多了一些冷酷。他们无视周边围观的人群，就像木偶一样僵硬地行走着，一直从城里走过了渔村，走到了海边。

一路上都有人看着奇诺一家，仿佛他们是拉巴斯的名人。路上的行人为他们驻足，其中一些妇女将年纪还小的孩子藏在裙摆后面；店铺的老板把头探出了窗外，客人们从店里走到了门口；豪宅里的仆人们在门缝处推挤着；渔村的村民们给奇诺一家让出了一条路。他们每走过一个地方，身后就响起七嘴八舌的议论声。有人说，他们一家看起来被厄运缠上了，也许他们的归来会给这座小城带来意外。有人说，大火之后，他们应该是乘船离开了渔村，受到了高人指点，所以现在是一副从容淡定的样子。

托马斯本想走出人群，上前和弟弟打招呼，当他看到胡安娜胸前的披巾时，他瞬间明白发生了什么事，抬起的手也放了下来。

潮水依旧在沙滩上涌动着，拍打着那些白蓝色的渔船，奇诺的破渔船已经成了小鸟的休息地。奇诺和胡安娜径直从渔船边走了过去，一直走到潮水淹过膝盖的地方才停下来。有几只小鸟飞上渔船的桅杆，歪着头，似乎也在看着他们。

奇诺脑海里的生活之歌已经变成了高亢的呐喊声。他放下手中的来复枪，从口袋中摸索出那颗大珍珠，那颗珍珠似乎变得灰暗而丑陋。他将手中的珍珠递给胡安娜，胡安娜却没有伸手接，她现在只想紧紧抱着怀中死去的孩子，她看着丈夫说："你来吧。"

奇诺抬起胳膊，用力地将珍珠扔进了辽阔的大海。奇诺和胡安娜看着那颗珍珠划过天空落进海里，溅起水花，然后消失在了茫茫大海中，他们在那里静静地站了很久。

珍珠向海底缓缓坠落着，柔柔的海藻正在摇动着身躯欢迎它的归来。它落在海底的沙地上，发出了银白的光芒。一只小螃蟹举着大钳子从珍珠旁边爬过，扬起了海底的沙子，随后那颗珍珠就消失了。